우주
탐식자

우주 탐식자

류츠신 지음

김지은 옮김

|주|자음과모음

차 례

미래를 향한 눈동자

'류츠신 SF 유니버스' 시리즈에 과학 지식을 해설할 수 있어서 정말 영광이다. 해설을 쓰기 위해 글을 읽을 때마다 참으로 신선하고 기발하다는 생각이 들었다.

류츠신은 중국 SF 분야에서 독보적인 존재다. 물론 그가 집필한 『삼체』가 SF계의 노벨상이라 불리는 휴고상을 받았기 때문만은 아니다. 그의 작품은 확실히 남다른 데가 있다. 여타 SF와 달리 류츠신의 작품은 최신 물리 지식이 잘 반영돼 있고, 그 지식을 뛰어 넘는 풍부한 상상력이 담겨 있다.

이미 많은 사람이 『삼체』에 관해 다양한 관점으로 해석하고 장점을 밝혔지만 사실 이 모든 장점은 류츠신이 집필한 다른 작품에서도 만날 수 있다. 이번 시리즈는 다채로운 이야기를 담고 있다. 만만치 않은 규모를 배경으로 설정하고, 시간과 공간의 상상을 다루기도 하며, 문명의 가능성을 이야기하거나 사랑을 주제로 하기도 한다.

류츠신의 작품을 한마디로 표현하자면 기발한 상상력과 독창적인 사고라고 할 수 있다. 그는 다양한 소재로 이야기를 만들 뿐만 아니라, 과학이 규정한 경계에 얽매이지 않고 공상에만 빠져 있지도 않다.

어떤 이들은 류츠신이 이야기는 잘 풀어 가지만 인물 묘사가 부족하다고 말하기도 한다. 작가 역시 자신의 단점을 모르지는 않을 것이다. 그러나 그는 소설 속에 등장하는 인물은 하나의 매개체일 뿐이며, 이야기 자체와 '어떤 사건이 미래에 일어날 가능성'을 더 중요한 문제로 생각하는 것 같다.

이야기에 나타난 것들 가운데 극히 일부는 진짜 우리의 미래로 나타날지도 모른다. 그러나 예언은 결코 공상 과학이 지향하는 목적이 아니다. 상상력을 자극하는 것이 공상 과학이 추구하는 목적 중 하나라면 나머지는 무엇일까? 그것은 바로 우리가 미래를 위해 최선을 다하고, 최악을 막기 위해 준비하는 것이라고 생각한다.

이론물리학자 리먀오

작가의 말

당신의 상상이 곧 우주다

2013년 12월, 달탐사위성 '창어 3호'의 발사를 보기 위해 시창(西昌) 위성발사센터에 갔다. 나는 당시 시창으로 가는 비행기에서 초등학교 5학년 학생들을 만났다. 그 아이들도 나처럼 발사 현장으로 가는 길이었다. 발사를 마치고 돌아가는 길에는 아까 그 학생들보다 더 어린 초등학교 1학년쯤으로 보이는 아이들을 만났다. 나는 이 아이들의 눈에서 새로운 일에 대한 흥분과 호기심, 그리고 미래에 대한 희망과 기대를 엿보았다.

1970년 4월, 허난성 루산현의 한 마을에서 어른, 아이 할 것 없이 다 함께 맑은 밤하늘을 바라본 적이 있다. 칠흑처럼 까만 하늘에 밝게 빛나는 작은 별 하나가 천천히 날아갔다. 그것은 중국이 최초로 쏘아 올린 인공위성 '둥팡훙 1호'였다. 날아가는 위성을 보고 있자니 알 수 없는 감정이 들었다. 우주를 향해 날아가는 인공위성이 다른 별들과 부딪힐까 걱정됐다. 몇 년이 지나서야 과학 책을 통해 위성과 다른 별들의 거리가 얼마나 멀리 떨어져 있는지 알았고, 웬만해선 우주 충돌 사고가 일어나지 않는다는 사실도 알았다. 어린 마음에 괜한 걱정에 빠져 있던 것이다.

시대가 많이 변했다. 요즘 아이들은 비행기를 타고 위성 발사 센터로 가지만 내 어릴 적 친구들은 신발조차 없었다. 하지만 나와 친구들 눈에도 새로운 세계에 대한 동경, 우주의 오묘한 비밀에 대한 호기심, 미래에 대한 희망과 기대가 가득했다. 이처럼 미래에 대해 기대와 희망을 품는 마음은 역사와 시간을 뛰어넘어 존재한다.

요즘 아이들은 수십 년 전 농촌 생활이 얼마나 폐쇄적이고 가난했는지 상상도 못 할 것이다. 내가 살았던 마을은 1980년대까지도 전기가 들어오지 않았다. 책이라고는 고작 부모님 침대 아래에 있던 상자 속에서 꺼내어 들춰본 게 독서의 전부였다. 그 상자 안에는 쥘 베른이 쓴 『해저 2만 리』와 『십만개의 왜 그럴까요?』등 SF와 과학 지식에 관한 책들이 있었는데 이 책들이 유년시절의 창이 되어 농촌과 중국, 심지어 태양계를 벗어나는 상상을 하게 해 줬다. 이 책들 덕분에 나는 공상 과학에 흥미를 지니게 됐고 훗날 SF를 쓰는 작가의 길을 걷게 됐다.

공상 과학은 내 삶과 인생을 이끌었다. 그렇기 때문에 위성 발사를 보러 온 아이들에게 이번 경험이 그저 스쳐 가는 순간이 아니라는 것을 믿는다. 감동과 전율을 느낀 로켓 발사 장면과 최첨단 과학 기술을 대표하는 탐사 사업은 아이들 마음속에 과학의 씨앗이 되었으리라 믿어 의심치 않는다.

앞으로 10년이 지나고 20년이 지나면 그 아이들 중에 몇몇은 과학 연구의 길을 걸을 것이고, 우주 탐사를 하거나 다른 별에 인류의 문명을 세울지도 모른다. 이 책을 읽고 있는 아이들도 SF를 통해 과학에 흥미를 느끼고, 나처럼 일상생활에서 벗어난 흥미로운 상상을 할 수도 있다.

솔직하게 말하자면 지금까지 나는 청소년 독자가 아닌 성인 독자를 위한 SF를 써 왔다. 그래서일까. 출판사에서 청소년을 위한 SF를 제안받았을 때 어깨가 꽤 무거웠다. 청소년이 읽는 SF를 쓰려면 아이들이 지닌 독서 경향과 심리를 잘 알아야 하기 때문이다. 그런데 나는 이쪽으로는 창작 경험이 그다지 많지 않았다. 예전에 썼던 작품을 살펴보다 아이들이 읽기에 적합한 작품이 있다는 걸 알고는 몇 편을 골라 수정하며 처음으로 청소년을 위한 SF를 시도해 봤다. 때마침 리먀오 교수가 소설 속 과학 지식을 해설해 주셔서 매우 감사하고 영광이다. 저명한 이론 물리학자인 리먀오 교수가 열정적으로 도와준 덕분에 이번 시리즈가 과학적으로도 전문성을 갖출 수 있었다.

　이번 시리즈를 출판하게 된 이유는 청소년들에게 과학을 쉽고 재미있게 알리기 위해서다. 그러나 소설 속에 나오는 과학은 상상을 더해가며 가공한 것이기에 실제 과학 지식과 다를 수 있다. 어린 독자들이 이 시리즈를 통해 우리가 살고 있는 세상과 우주를 이해할 수 있기를 바란다.

류츠신

탐식제국의
침공

우주에서 온 신비한 결정체

　가까운 거리에 있는데도 불구하고 대령에게는 투명한 결정체가 보이지 않았다. 결정체는 깊은 연못에 가라앉은 유리처럼 어두컴컴한 우주를 떠다니고 있었다. 대령은 주위에 일그러진 별빛으로 결정체의 위치를 찾은 듯했다. 하지만 결정체는 성글게 떠 있는 별을 뒤로 하고 금세 자취를 감춰 버렸다. 그 순간, 멀리 떨어져 있는 둥근 태양이 찌그러지면서 쉼 없이 번쩍였다.

　대령은 이 광경을 보고 흠칫 놀랐지만 옆에서 떠다니는 동료들처럼 비명을 지르지는 않았다. 대령은 결정체가 자신과 태양 사이에 있다는 것을 알아챘다. 결정체와 대령과의 거리는 약 10여 미터, 결정체와 태양과는 거리는 1억 킬로미터 정도 떨어져 있었다. 그는 이것이 미래 인류의 문명이 보여 주는 하나의 징조가 아닐까 하고 의심했다.

그는 유엔 지구방위대의 우주총지휘관이었다. 그가 직접 이끄는 작은 규모의 우주순찰대는 인류 역사가 생긴 이후 최고 성능의 수소폭탄을 싣고 있었지만 그들과 맞서는 적은 생명이 없는 거대한 돌덩이였다. 경보 시스템이 지구의 안전을 위협하는 운석이나 소행성을 감지하면, 즉시 출동해서 운석과 소행성의 궤도를 변경시키거나 파괴하는 것이 우주순찰대의 임무였다.

그 때문에 우주를 순찰한 지 어느덧 20여 년이 지났지만 우주순찰대는 이제껏 단 한 번도 수소폭탄을 터트려 보지 못했다. 우주순찰대가 활약할 기회를 주지 않으려고 일부러 그러는 것인지 운석은 매번 지구를 비껴 갔다. 그런데 이번에 발견한 운석은 2AU*보다 더 먼 곳에서 탐측됐고 부자연스럽고 가파른 궤도를 따라 한 치의 오차도 없이 정확하게 지구를 향해 날아오고 있었다.

대령과 대원들은 조심스럽게 결정체에 다가갔다. 우주복에 장착된 추진기에서 뿜어져 나오는 하얀 연기의 흔적이 거미줄처럼 결정체를 휘감았다. 대령과 결정체와의 거리가 10미터도 남지 않았을 때, 결정체 내부에서 갑자기 하얀빛이 번쩍하더니 규칙적으로 길게 뻗은 선들이 선명하게 모습을 드러냈다. 길이

---

* 길이를 나타내는 천문단위(Astronomical Unit)로 지구와 태양 사이의 평균 거리와 비슷하다. 1AU는 약 1.496×10^8킬로미터다.

는 대략 3미터. 조금 더 가까이 다가가니 추진 시스템처럼 복잡하게 얽히고설킨 투명한 파이프관이 보였다.

대령이 결정체 표면을 향해 우주장갑을 낀 손을 내밀어 인류와 외계 문명 사이에 첫 번째 접촉을 시도하려는 순간, 결정체가 다시 투명하게 변하더니 안에서 밝고 아름다운 색채를 띤 영상이 나타났다. 그 영상에는 만화책에 나오는 주인공처럼 커다란 눈에 발꿈치까지 닿는 긴 생머리를 하고 있는 여자아이가 길고 예쁜 치마를 입고 물속을 헤엄치듯 천천히 떠다니고 있었다.

"경보! 경보! 탐식자가 나타난다!"

여자아이는 경기가 난 사람처럼 놀라서는 큰 소리로 외쳤다. 눈을 크게 뜨고 대령을 뚫어져라 쳐다보던 여자아이는 가늘고 여린 팔로 마치 자신을 향해 쫓아오는 셰퍼드를 겨냥하듯 태양과 반대 방향을 가리켰다.

"어디서 왔니?"

대령이 물었다.

"에리다누스자리 엡실론에서 왔다. 당신들이 우리를 그렇게 부르더군. 나는 지구인의 시간으로 6만 년을 비행했다. 탐식자가 온다! 탐식자가 나타난다!"

"너는 생명체니?"

"물론 아니다. 나는 편지 한 통에 불과해. 탐식자가 온다! 탐

18

식자가 나타난다!"

"영어는 어떻게 알지?"

"항해하는 길에 익혔다. 탐식자가 온다! 탐식자가 나타난다!"

"그렇다면 지금 네 모습은……."

"항해하면서 봤던 모습이다. 탐식자가 온다! 탐식자가 나타난다! 너희는 탐식자가 두렵지 않느냐?"

"네가 말하는 탐식자는 누구지?"

"타이어처럼 생겼다. 하하하, 너희들 말로 비유하자면 그렇다."

"지구에 대해 잘 알고 있구나."

"모두 항해하면서 파악했다. 탐식자가 나타난다!"

에리다누스의 여자아이가 계속 소리쳤다. 결정체 한쪽 끝으로 빛이 번쩍하더니 빈 공간에 탐식자 이미지가 나타났다. 표면이 야광으로 빛나는 타이어였다.

"크기는 얼마만 하지?"

대원 가운데 한 명이 물었다.

"탐식자의 전체 지름은 5만 킬로미터, 너비는 1만 킬로미터, 내부 원의 지름은 3만 킬로미터다."

"킬로미터라면 지구의 길이 단위를 말하는 거야?"

"물론이지! 워낙에 커서 가운데 빈 공간에 행성 하나쯤을 끼울 수 있어. 너희 지구인이 사용하는 타이어 사이에 축구공이

낀 모습을 상상하면 될 거다. 그렇게 행성을 끼우고 즙을 짜듯 자원을 모두 빨아낸 다음 껍데기만 남은 행성을 뱉어 버리지. 지구인이 과육만 먹고 씨를 뱉어 내듯이 말이야."

"아직도 탐식자가 어떤 존재인지 모르겠어."

"세대비행선*, 우리는 그 비행선이 어디에서 와서 어디로 가는지 알지 못한다. 탐식자를 조종하는 자들도 모르기는 마찬가지일 거다. 이 비행선은 은하계를 떠돈 지 수천만 년이 됐기 때문에 비행선 소유자들도 이 비행선을 만든 이유와 목적을 잊은 지 오래다. 하지만 분명한 건 비행선이 만들어지던 당시에는 이렇게 크지 않았을 거라는 사실이다. 행성을 먹어 치우면서 커진 거지. 우리 행성도 이 비행선에 먹혔어!"

이때, 결정체에 모습을 드러낸 탐식자가 점점 커지더니 어느새 화면 전체에 가득 찼다. 촬영하는 사람의 세계로 천천히 내려오는 게 분명했다. 탐식자에게 끼인 세상에 사는 사람들 눈에 땅은 우주라는 거대한 우물의 바닥이고, 하늘은 천천히 회전하는 우물 안의 벽처럼 보였다.

벽 표면은 복잡한 구조로 돼 있다. 이를 본 대령은 현미경을

---

* 가상 속에 존재하는 비행선으로 광속보다 훨씬 낮은 속도로 행성 사이를 여행한다. 속도가 느리기 때문에 비행선은 수백 년에서 수천 년이 지나야 목적지에 도착할 수 있다. 그동안 항해사는 늙어서 죽지만 그들의 후손들이 대대손손 멈추지 않고 비행선을 이끌고 목적지까지 날아간다.

통해 봤던 마이크로프로세서의 회로가 떠올랐다. 그러나 잠시 후 자세히 보니 그것은 길게 이어진 도시였다. 위로 더 올라가니 우물 벽 꼭대기에 파란색 불꽃이 있었다. 그 불꽃은 우주에 무리를 지은 별들을 둘러싸고 거대한 화염 고리를 형성했다.

에리다누스자리에서 온 여자아이가 알려 준 바에 따르면 그것은 탐식자 꼬리 부분에 해당하는 고리 모양의 엔진이었다. 결정체의 한쪽 끝에서 여자아이는 춤을 추듯 몸을 흐느적거리고 있었다. 나풀거리는 긴 머리카락은 여러 개의 팔이 흐느적거리는 것처럼 보였다. 여자아이는 두려움을 이렇게 표현하고 있었다.

"지금 본 것은 에리다누스자리 엡실론의 세 번째 행성이 탐식자에게 잡아먹히는 장면이다. 만약 당시 네가 우리 세상에 있었다면 몸이 가벼워지는 느낌이 들었을 거다. 탐식자의 거대한 질량이 만들어 낸 인력이 행성의 인력을 상쇄시키기 때문이지. 인력이 엉망이 되면서 종말을 부르는 재난이 발생했어.

가장 먼저 바다는 행성이 탐식자에 끌려가는 방향으로 쏠렸다. 행성이 탐식자에 낀 다음부터 바다가 적도로 솟구치면서 구름층을 삼킬 정도의 거대한 파도가 생겼지. 이어서 인력의 영향으로 얇은 종잇장이 찢어지듯 대륙이 산산조각 났고 해저와 육지에서는 쉴 새 없이 화산이 솟구쳤지. 정확하게 행성의 중심을 끼고 나서야 탐식자는 진격을 멈췄어. 그때부터 탐식자는 행성을 씹어 먹었지."

여자아이는 이어서 말했다.

"행성 약탈이 시작됐어. 거미줄에 엉킨 곤충처럼 탐식자의 벽에서 나온 수만 킬로미터의 밧줄들이 행성 표면을 옭아매기 시작했고, 거대한 배가 행성 표면과 탐식자 사이를 오가면서 행성의 물과 공기를 옮겨 갔어. 이뿐만이 아니야. 셀 수도 없이 많은 기계가 행성의 지층을 뚫더니 탐식자에게 필요한 지하자원을 빼내 갔지. 탐식자의 인력과 행성의 인력이 상쇄돼 행성과 탐식자 사이의 공간에는 저중력 구역이 형성됐다. 이 때문에 행성의 자원이 더 쉽게 탐식자에게 넘어갔고 대약탈이 빠르게 진행됐지.

지구 시간으로 따지자면 탐식자가 행성 하나를 모두 뽑아 먹는 데는 대략 한 세기가 걸려. 100년 동안 행성의 모든 자원이 하나도 남김없이 탐식자의 손아귀로 넘어간다는 말이지. 게다가 긴 시간 동안 탐식자의 인력 작용으로 행성은 적도 방향으로 납작해져서 마지막에는…… 너희 지구인의 표현을 빌리자면 원반 모양으로 변해. 탐식자가 다 빨아 버리고 내뱉으면 다시 원래의 둥근 모습으로 돌아가지만 이 때문에 행성 전체에 엄청난 재난이 일어나. 이때 행성 표면에 수십억 년 전에 형성됐던 용암이 나타나고 생명체라고는 찾을 수 없는 생지옥이 돼 버리지."

"탐식자는 태양계에서 얼마나 멀리 떨어져 있지?"

대령이 물었다.

"내 뒤를 바짝 따라오고 있다. 너희 지구인의 시간으로 한 세기면 도착해. 경보! 탐식자가 온다! 탐식자가 나타난다!"

탐식제국에서 온 큰이빨

에리다누스자리 결정체가 보낸 정보가 과연 믿을 만한지 설전이 오가는 사이, 탐식자가 보낸 소형 비행선이 지구에 도착했다.

이번에도 외계 문명을 가장 먼저 만난 사람은 대령이 이끄는 우주순찰대였다. 하지만 지난번 에리다누스자리 결정체와 만날 때와는 느낌이 확연히 달랐다. 영롱하고 아름다운 에리다누스자리 결정체는 정교하고 섬세한 기술 문명을 대변하고 있었지만, 탐식자의 비행선은 한 세기 동안 나뒹군 대형 보일러통처럼 투박하고 육중했다. 마치 산업혁명 시대의 덩치만 큰 기계를 연상시켰다.

도마뱀처럼 생긴 몸에 비늘이 잔뜩 덮여 있는 탐식자의 사도는 키가 10미터를 넘을 정도로 우람했지만 정교함이 없어 보이는 것은 마찬가지였다. 그는 자기 이름을 '다야'라고 소개했는데 그의 외모와 행동을 본 사람들은 하나같이 그를 '큰이빨'이라고 불렀다.

큰이빨이 타고 온 소형 비행선이 유엔 본부 건물 앞에 착륙하면서 엔진이 닿은 땅바닥은 커다랗게 웅덩이가 파였고 여기저기 돌덩이가 튀어 본부 건물은 만신창이가 됐다. 회의장에 들어가지 못한 각국 정상들은 본부 앞 광장에서 큰이빨을 만났다. 정상들 가운데 몇몇은 유리와 돌에 맞아 찢어진 머리를 손수건으로 감싸고 있었다.

큰이빨이 한 걸음 한 걸음 걸을 때마다 땅은 지진이 난 것처럼 크게 요동쳤다. 그의 목소리는 기차 화통 열 개를 삶아 먹은 것처럼 커서 주변에 있던 사람들은 머리가 터질 지경이었다. 큰이빨의 가슴에는 그가 하는 말을 통역하는 기계가 걸려 있었다 (통역기는 지구로 오는 길에 영어를 익혔다). 통역기의 목소리는 거칠면서도 씩씩했고 큰이빨에 비하면 소리가 작았지만 여전히 듣는 사람의 심장이 쿵쿵 뛸 정도로 컸다.

"하하하, 하얗고 약해 빠진 벌레들, 흥미로운 벌레들."

큰이빨은 유쾌한 목소리로 말했다. 큰이빨의 목소리에 고막이 터질 것 같아 귀를 막고 있던 정상들은 천천히 손을 내리고 큰이빨 가슴에 달린 통역기가 하는 말에 귀를 기울였다.

"우리는 한 세기나 함께 있을테니 서로를 좋아할 거라 믿는다."

"존경하는 사도여, 아시겠지만 우리는 그 위대한 보급선이 태양계에 오는 목적이 가장 궁금합니다."

고개를 있는 힘껏 젖힌 유엔 사무총장은 큰이빨을 쳐다보면서 고함쳤지만 큰이빨이 듣기에는 모기 소리만큼이나 작았다.

큰이빨이 인간들처럼 꼿꼿하게 자세를 바로잡자 땅이 또 한 번 흔들렸다.

"위대한 탐식제국은 지구를 먹어 삼킨 후 또 다시 장엄하고 아름다운 여정을 계속할 것이다. 이것은 절대 변하지 않는 우리의 목표다!"

"그렇다면 인류는 어떻게 되는 겁니까?"

"오늘 내가 결정하려는 일이 바로 그거다."

정상들은 서로 눈빛을 교환했다. 사무총장이 고개를 끄덕이며 말했다.

"우선 우리 사이에 충분한 교류가 필요합니다."

큰이빨은 고개를 저었다.

"그거야 아주 쉽지. 맛만 좀 보면 돼."

큰이빨은 커다란 발톱을 내밀어 사람들 사이에 있는 유럽의 한 정상을 덥석 잡아 올렸다. 그는 3, 4미터 떨어진 곳에서 우아한 포즈를 취하며 정상을 입 속에 쏙 떨어뜨리고는 잘근잘근

26

씹었다. 인간으로서의 품격을 잃지 않으려는 것인지 아니면 지나치게 놀라서인지 희생양이 된 그 정상은 아무 소리도 내지 않았다.

적막이 흐르는 가운데 뼈들이 우두둑우두둑 부러지는 소리가 들렸다. 잠시 후 큰이빨은 '퉤' 소리를 내며 옷과 신발을 뱉었다. 옷은 온통 피로 물들었지만 어디 하나 찢어진 곳은 없었다. 이를 지켜보던 사람들은 해바라기 씨를 껍질째 입에 넣고 씨는 쏙 빼먹고 껍질을 훅 뱉어 내던 자신의 모습을 떠올렸다.

광장 전체가 한순간에 쥐 죽은 듯 고요해졌다. 잠시 후 영원히 깨지지 않을 것만 같던 적막을 깨고 정상들 뒤편에 서 있던 대령이 물었다.

"어떻게 인간을 순식간에 먹어 버릴 수 있죠?"

큰이빨이 대령에게 다가가자 홍해가 갈라지는 것처럼 사람들이 두 갈래로 갈라서면서 길이 생겨났다. '쿵쿵쿵' 소리를 내며 대령 앞에 선 큰이빨은 농구공만 한 검은 눈동자를 껌뻑이며 그를 노려봤다.

"왜 안 되는가?"

"인간을 먹어도 되는지 어떻게 판단했냐는 말입니다. 멀리 떨어진 별에 사는 생명체가 다른 별의 생명체에게 먹이가 된다는 건 생물학적으로나 화학적으로나 불가능합니다."

큰이빨은 고개를 끄덕이고는 웃는 표정을 지으려는 듯 입을 옆으로 쭉 벌렸다.

"나는 처음부터 너를 주시하고 있었다. 너는 줄곧 차가운 눈빛으로 나를 쳐다보면서 뭔가를 골똘히 생각하고 있었어. 지금 무슨 생각을 하는 거지?"

대령은 살짝 웃으며 말했다.

"사신은 우리 지구의 공기로 호흡하고 우리의 음파로 말하며 눈 둘, 코 하나, 입 하나를 지녔습니다. 게다가 두 팔과 두 다리도 있고요."

"그게 뭐 이상해?"

큰이빨은 허리를 굽히고는 거대한 머리를 대령에게 가까이 댔다. 그 순간 구역질 나는 피비린내가 대령의 코로 훅 들어왔다.

"네, 이상합니다. 우리가 어떻게 이 정도로 닮을 수가 있죠?"

"나에게도 이해가 안 되는 부분이 있다. 바로 네 녀석의 그 침착함이다. 군인인가?"

"지구를 지키는 전사입니다."

"흥, 돌멩이 밀어내기처럼 쉬운 일을 하는군. 그까짓 걸로 진정한 전사가 될 것 같은가?"

"더 큰 시련도 견뎌 낼 준비가 돼 있습니다!"

대령은 근엄한 표정을 지으며 고개를 높이 들었다.

"흥미로운 벌레로군."

큰이빨은 살짝 웃고는 고개를 끄덕였다. 잠시 후 그는 몸을 곧게 세웠다.

"이제 다시 본론으로 돌아와서 인류의 운명에 대해 말해 보자. 너희 인간은 맛이 괜찮군. 부드러우면서도 담백해. 에리다 누스자리 행성에서 먹었던 파란색 산딸기 같은 맛이야. 지구인들이여, 축하한다. 너희 종족들은 앞으로도 멸망하지 않고 계속 살아남을 수 있게 됐다. 탐식제국이 너희를 가축처럼 길러 줄 테니까. 60세쯤 됐을 때 시장에 내다 팔면 딱이겠군."

"그 나이가 되면 피부가 늘어질 텐데요?"

대령이 냉소적으로 말했다.

큰이빨은 화산 폭발음처럼 큰 소리를 내며 웃었다.

"하하하, 탐식자께서는 씹는 맛이 있는 간식을 좋아하신다."

순식간에 사라진 백산왕국

큰이빨과 여러 차례에 걸쳐 담판을 벌이는 동안 또다시 잡아먹힌 사람은 한 명도 없었지만 인류의 운명과 관련된 결론은 다람쥐 쳇바퀴 돌듯 늘 제자리였다.

인류는 다음 회담 장소를 아프리카의 고대 유물이 발굴된 현장으로 정했다.

큰이빨이 타고 온 비행체는 약속한 시간에 딱 맞춰 발굴 현장에서 몇십 미터 떨어진 곳에 착륙했다. 비행체는 착륙할 때마다 고막이 찢어질 것 같은 폭발음을 냈고, 여기저기 사방으로 모래와 돌이 튀었다. 에리다누스자리 여자아이의 말에 따르면 비행체에는 소형 핵융합 엔진이 장착돼 있다고 한다. 과학자들은 여자아이가 설명해 주는 탐식자와 관련된 정보를 단번에 알아들었다. 그들은 에리다누스자리의 뛰어난 기술 수준에 매혹되고 있었다. 에리다누스자리에서 온 결정체는 착륙 후 공기 중에 바로 녹아 버렸다. 별과 별 사이를 항해하는 데 필요한 추진 장치도 마찬가지로 녹아 버리고 얇은 조각만 남아 공기 사이를 사뿐사뿐 날아다녔다.

두 명의 유엔 관계자가 발굴 현장에 도착한 큰이빨에게 1제곱미터 정도 되는 커다란 그림책을 건넸다. 큰이빨의 덩치를 고려해 만든 맞춤형 그림책이었다. 그 그림책에는 인류 문명에 대한 다양한 이야기가 담겨 있었다. 이어서 고고학자 한 명이 발굴 현장 옆에 커다랗게 파인 웅덩이에서 지구 문명의 찬란한 역사를 생동감 넘치게 설명했다. 그는 외계 생명체에게 이 푸른 행성에 얼마나 진귀하고 소중한 것이 많은지 알려 주고 싶었다. 설명을 하다가 감정이 격해지는 부분에서는 비통해하며 눈물을 흘리기도 했는데 그 모습이 참으로 처량해 보였다. 마지막으로 고고학자는 발굴 현장의 커다란 웅덩이를 가리키며 말했다.

"존경하는 사자여, 보십시오. 이곳은 최근에 발굴한 유적지입니다. 현재까지 발굴된 것 가운데 가장 오래된 인류 도시로 약 5만 년 전에 형성됐습니다. 그 긴긴 세월 동안 하나하나 이뤄 낸 이 찬란한 문명을 잔인하게 무너뜨릴 작정입니까?"

큰이빨은 고고학자가 설명하는 내내 그림책만 보고 있었다. 그러다 그는 고고학자의 마지막 말에 고개를 들었다.

"하하하, 고고학자 벌레여, 나는 이 웅덩이와 웅덩이 속 도시에는 관심이 없다. 이 웅덩이에서 파낸 흙이 좀 보고 싶구나."

큰이빨은 웅덩이 옆에 가득 쌓인 수 미터에 달하는 흙더미를 가리켰다.

고고학자는 통역기에서 들려오는 말을 듣고 순간 아리송했다.

"흙이라고요? 여기 흙에는 아무것도 없습니다."

"그건 네 생각이고."

흙더미에 다가간 큰이빨은 거대한 몸을 웅크리고 커다란 두 발톱으로 흙을 파내기 시작했다. 둘러서서 보고 있던 사람들은 둔하게 생긴 두 발톱을 민첩하게 움직이는 큰이빨을 보고 감탄했다. 큰이빨은 부드러운 흙에서 무언가 작은 물체를 골라내어 그림책 위에 올려놓았다. 10여 분 정도 같은 행동을 반복하던 큰이빨이 자리에서 일어나 그림책 위에 있는 물체를 주변에 있는 사람들에게 보여 주었다.

그가 흙에서 찾아낸 물체는 바로 수백 마리에 달하는 개미였다. 일부는 아직 살아 있고 일부는 죽어서 서로 뒤엉켜 있었기 때문에 자세히 봐야 개미인 것을 겨우 구분할 수 있었다.

큰이빨이 말했다.

"내가 어느 왕국과 관련된 이야기를 하나 들려주겠다. 이 왕국은 본래 더 큰 제국을 이루고 있었지. 그들 조상의 조상을 따지면 지구의 백악기 말기까지 거슬러 올라간다. 그들의 선조는 위대한 도시를 건설했지. 시간이 흐르고 흘러 제국의 여왕에게 반갑지 않은 손님이 찾아왔지. 바로 빙하기였다. 길고 긴 겨울이 이어지면서 대지는 온통 빙하로 덮였지. 수천만 년을 이어 온 생기는 사라지고 그 후 삶은 극도로 고통스러워졌다.

마지막 겨울잠에서 깨어난 여왕은 백분의 일도 채 남지 않은 백성을 깨웠어. 대부분의 백성은 추위를 이기지 못하고 영원히 잠이 들거나 일부는 이미 죽어서 투명한 껍데기만 남았지. 여왕은 얼음처럼 차갑고 금속처럼 단단해진 성벽을 어루만졌어. 그 것이 말로만 듣던 얼어붙은 땅이었던 거야. 혹한의 시대는 여름도 녹이지 못하더군. 여왕은 선조가 남긴 변방의 도시를 떠나 얼지 않는 땅에 새로운 왕국을 건설하기로 결심했어.

그녀는 운 좋게 살아남은 백성을 이끌고 나와 온통 빙하뿐인 땅에서 힘겹게 발걸음을 옮기기 시작했지. 그 길에 백성들이 추위를 견디지 못하고 하나둘 숨을 거두고 말았어. 하지만 여왕은 꿋꿋하게 살아남은 백성과 함께 마침내 얼지 않는 땅을 찾았지. 그곳에는 따뜻한 지열이 마구 솟구쳤어. 꽁꽁 얼어붙은 세상에 어떻게 습하고 부드러운 작은 땅이 존재할 수 있는지 알 수 없었지만 그곳에 도착한 것을 의외라고 여기지는 않았다. 6,000만 년의 역사를 이어 온 그들은 결코 세상에서 사라지지 않을 것이니까!

여왕은 빙하가 뒤덮은 대지와 어슴푸레한 태양을 마주하고 서서 '이곳에 새롭게 위대한 왕국을 세워 만대에 이어 가리라!' 하고 선포했다. 그녀는 하얗고 높은 산봉우리에 서서 이 새로운 왕국을 '백산왕국'이라 이름 지었어. 사실 그 하얀 산봉우리는 매머드의 두개골이었지.

당시는 제4기 빙하 말기의 어느 정오였어. 이때까지 인류 벌레는 여전히 동굴에서 바들바들 떨면서 뿔뿔이 흩어져 살던 어리석은 동물에 불과했지. 9만 년이 지난 후에야 너희 문명이 처음으로 밝힌 불이 또 다른 대륙인 메소포타미아 평원에서 나타났다.

얼어붙은 매머드의 사체에서 삶을 시작한 백산왕국은 1만 년 동안 힘겨운 시간을 보내야 했다. 그러다 빙하기가 끝이 나고 대지에 봄이 돌아오면서 대륙에는 생명의 푸른빛이 새롭게 돋아나기 시작했지. 새로운 생명이 갑작스레 번성하면서 백산왕국은 금세 전성기를 맞았고 드넓은 땅을 누릴 수 있게 됐다. 그 후 수만 년을 지나오면서 왕국은 수많은 왕조를 거쳤고 그 이야기들이 셀 수 없이 많은 서사시로 남았다."

큰이빨은 눈앞에 보이는 웅덩이를 가리키며 말을 이었다.

"이곳이 백산왕국의 마지막 터전이었다. 고고학 벌레는 5만 년 동안 죽어 있던 도시를 열심히 발굴하느라 그 위의 토양층에 살아 있는 도시가 있다는 사실을 생각하지 못했다. 그 도시의 규모는 절대 뉴욕보다 작지 않다. 뉴욕은 2차원의 평면 도시이지만 그곳은 거대한 다차원의 도시이지.

각 층마다 미로 같은 길이 빽빽하게 이어졌고 드넓은 광장과 웅장한 궁전이 있었다. 도시의 급배수 시스템과 소방 시스템은 뉴욕보다 훨씬 잘 갖춰져 있었지. 복잡한 사회구조와 엄격한 분업으로 사회 전체가 기계처럼 정밀하게 협조하면서 효율적으로 움직였다.

그곳에는 마약도 범죄도 없었고 그 어떤 타락도 방황도 없었다. 그렇다고 그들의 감정이 메말랐을 거라 생각하면 오산이다. 그들은 사회구성원이 죽으면 오랫동안 슬픔에 잠겼고 도시 부근 지면에 3미터 깊이로 땅을 파고 묘지까지 만들었다.

절대 빼먹으면 안 되는 자랑거리가 하나 더 있다. 바로 도시 아래층에 있는 대형 도서관이다. 그곳에는 셀 수 없이 많은 알 모양의 작은 용기가 있었다. 그것이 바로 그들에게는 책이었어. 그 용기마다 복잡한 성분으로 이뤄진 인공 향료가 있는데 거기에 정보가 기록됐다. 백산왕국의 기나긴 서사시와 같은 기록이 이 향료에 고스란히 담겨 있었던 거다.

예를 들어, 숲에 대형 화재가 났을 때 왕국의 모든 구성원이 하나가 돼 서로를 지키고 시냇물을 따라 용감하게 불길을 피한 장면, 왕국과 흰개미제국의 백년전쟁, 왕국의 원정대가 처음 본 바다에 대한 기록 등을 볼 수 있다.

하지만 이 모든 것이 세 시간 안에 끝나 버렸다. 당시 천지가 뒤바뀔 정도로 쿵 하는 소리가 나더니 굴착기가 하늘을 가려 버렸지. 쇳덩이로 된 손바닥에 도시의 가장 아래에 있던 어린 개미들과 어린 개미가 될 순백의 알이 휩쓸려 나갔고 도시와 모든 것이 그 쇳덩이 손바닥에 산산조각이 나 버렸다."

지구는 또다시 쥐 죽은 듯 적막에 빠졌다. 이번 적막은 큰이빨이 유럽의 한 정상을 잡아먹던 때보다 더 길게 이어졌다. 외계에서 온 사자를 마주한 인류는 처음으로 아무 말도 할 수 없었다.

큰이빨이 마지막으로 말했다.

"우리는 앞으로 만날 날이 많을 것이다. 아직 나눠야 할 얘기가 많기 때문이지. 하지만 다시는 옳고 그름에 대해 따지지 마라. 우주에서는 아무짝에도 쓸모가 없으니까."

전쟁의 서막

큰이빨이 돌아간 후에도 발굴 현장에 있던 사람들은 절망의 늪에서 헤어 나오지 못하고 망연자실했다. 그 적막을 다시 한 번 깨고 대령이 각국 정상들에게 말했다.

"저는 보잘것없는 사람입니다. 하지만 두 번이나 외계 문명을 가장 먼저 접했다는 이유로 운이 좋게 이곳에 참석했습니다. 저는 두 가지만 말씀드리고자 합니다. 첫째, 큰이빨의 말이 맞습니다. 둘째, 인류의 유일한 출구는 싸움뿐입니다."

"싸움? 대령, 싸움이라……."

유엔 사무총장이 쓴웃음을 짓고 고개를 저었다.

"맞다. 싸워라! 싸워야 한다!"

에리다누스자리 여자아이는 크게 고함을 질렀다. 여자아이가 탄 결정체 조각이 사람들의 머리 위에서 날아다녔다. 흥분한 여자아이는 햇빛 아래서 몸을 흐느적거렸다.

그때 누군가 말했다.

"너희 에리다누스자리는 싸웠지. 그리고 그 결과는 어땠지? 우리는 우리의 생존만 생각해. 너희의 복수를 위해 우리가 희생할 의무는 없어."

"아닙니다."

대령이 자리에 있는 사람들을 바라보며 말을 이었다.

"에리다누스자리 사람들은 아무런 정보도 없는 낯선 적을 상대로 자신들을 지켜야 했습니다. 게다가 그들은 전쟁이라고는 한 번도 해 본 적 없는 종족이었으니 지는 것이 이상한 일도 아니었습니다. 하지만 한 세기 동안 이어진 참혹한 전쟁을 통해 그들은 탐식자에 관한 세세한 부분까지 모두 파악했고 수많은 자료가 결정체를 통해 우리의 손에 전달됐습니다. 그러니 우리에게도 충분히 승산이 있습니다.

1차 연구를 통해 탐식자는 우리가 상상하는 만큼 공포스러운 대상이 아니라는 사실을 알아냈습니다. 우선, 말도 안 되는 방대한 몸집만 빼면 탐식인은 인류가 지닌 지식을 넘어서는 것이 그리 많지 않습니다. 생물학적으로 보면 탐식인은 지구인과 마찬가지로 탄소로 이뤄진 생명체이며 분자 구조 역시 매우 비슷합니다. 우리와 서로 비슷한 생물학적 특징이 있기 때문에 그들을 잘 알아낼 수 있을 겁니다. 역장과 중성자성의 물질로 구성된 침입자가 아닌 게 얼마나 다행인지 모릅니다.

안심하셔도 될 이유가 한 가지 더 있습니다. 탐식자에게는 대단한 기술이 그리 많지 않습니다. 탐식자의 기술은 인류보다 많이 앞서 있지만 기술의 규모만 발달해 있을 뿐 기초 이론은 그리 뛰어나지 않습니다. 탐식자의 추진 시스템의 에너지는 핵융합에서 옵니다. 그들이 약탈한 행성의 물은 탐식자의 생존에도 사용되지만 열핵 연료에 주로 쓰입니다. 탐식자의 엔진 추진 방식도 '운동량 보존의 법칙'의 반작용 방식에 기반을 두고 있을 뿐 시공을 뛰어넘는 오묘한 비법은 없습니다.

과학자들은 제가 말씀 드린 정보를 듣고 실의에 빠질 수도 있습니다. 어찌됐든 탐식자는 수만 년을 이어 온 문명인데 그들의 기술 수준도 결국 과학 역량의 한계를 보여 주었으니까요. 그러나 그렇기 때문에 그들이 절대 이기지 못할 신이 아니라는 사실도 알게 됐습니다."

사무총장이 말했다.

"이것만으로 인류가 승리한다고 확신할 수 있습니까?"

대령이 대답했다.

"물론입니다. 이보다 자세한 정보가 많이 있으니 성공률이 높은 전략을 짤 수 있습니다. 예를 들어……."

"속도를 높여라! 속도를 높여라!"

사람들의 머리 위에 떠 있던 에리다누스자리 여자아이가 외쳤다.

대령은 잔뜩 겁먹은 사람들에게 설명해 주었다.

"에리다누스자리에서 보낸 자료를 보면 탐식자가 항해할 때 내는 가속도는 한계치가 있습니다. 에리다누스자리가 두 세기에 걸쳐 관찰해 보니 탐식자는 이 한계치를 넘어선 적이 없다고 합니다. 이 부분을 증명하기 위해 우리는 탐식자의 구조와 그들을 구성하는 소재의 강도 등 에리다누스자리 비행선이 보내 온 다른 자료를 참고로 수학적인 모델을 만들어 연산해 봤습니다. 그 결과 에리다누스자리가 탐식자의 가속도 한계치를 관찰한 내용은 사실로 확인됐습니다. 이 가속도 한계치는 탐식자가 버틸 수 있는 강도로 결정됩니다. 만약 이 가속도 한계치를 넘어서면 이 거대한 괴물은 갈기갈기 찢어집니다."

"그래서 어떻게 하면 좋겠습니까?"

각국 정상들 사이에서 누군가가 물었다.

대령은 미소를 띤 얼굴로 말했다.

"이성을 잃지 않고 머리를 맞대어 좋은 방법을 찾아야 합니다."

달 피난소

인류는 큰이빨과 담판을 벌여 마침내 약간의 진전을 이뤄 냈다. 탐식제국이 한발 양보해 인류가 요청한 달 피난소 건설을 받아들이기로 한 것이다.

"사람은 고향을 그리워하는 동물입니다."

유엔 사무총장은 눈물을 흘리면서 이렇게 말했다.

"탐식자도 그렇다. 비록 우리는 집이 없지만."

큰이빨은 공감한다는 의미로 고개를 끄덕였다.

"그렇다면 지구인 몇몇을 남겨 두도록 허락해 주시겠습니까? 위대한 탐식제국이 지구를 먹고 나면 그 사람들이 다시 지구로 돌아가 인류의 문명을 다시 건설할 수 있도록 말입니다."

큰이빨은 고개를 저었다.

"탐식제국은 절대 음식을 남기는 법이 없어. 그때쯤이면 지구는 지금의 화성보다 더 황폐해 있을 거다. 너희 벌레들의 기술로는 문명을 다시 세우지 못해."

"한번 해 보겠습니다. 그래야 우리 지구인도 안정을 찾을 수 있지 않겠습니까. 탐식제국에서 가축처럼 키우는 지구인이 멀리 떨어진 태양계에 고향이 있다는 것을 기억한다면 살이 더 오르지 않을까요? 실제로 고향이 존재하지 않더라도 말입니다."

큰이빨은 고개를 끄덕였다.

"지구가 다 먹히면 그 사람들은 어디로 가겠는가? 우리는 지구뿐만 아니라 금성도 먹을 거다. 목성과 해왕성은 너무 커서 먹을 수 없지만 그것들의 위성은 가능하지. 탐식제국은 그곳에 있는 탄수화물과 물이 필요해. 메마른 화성과 목성도 씹어 먹고 싶단 말이야. 거기에 있는 이산화탄소와 금속도 필요하니까. 이 행성들의 표면은 불바다로 변할 거다."

"우리는 달로 피난을 가겠습니다. 듣자 하니 탐식자가 지구를 먹기 전에 달을 멀리 치워 놔야 한다고 합니다."

큰이빨은 이번에도 고개를 끄덕였다.

"그렇다. 탐식자와 지구가 형성한 연합 천체의 인력이 커지면 달이 탐식제국으로 빨려 들고 말 거야. 그 충돌로 제국은 괴멸되겠지."

"그렇습니다. 그러니 우리 지구인 몇몇을 달로 보내야 합니다. 탐식제국에도 큰 피해를 주지는 않을 겁니다."

"얼마나 남길 계획이냐?"

"문명 하나를 유지하는 데 최소 10만 명은 있어야 합니다."

"좋다. 하지만 너희는 일을 해야 한다."

"일이라고요? 어떤 일을 말씀하는 겁니까?"

"너희가 달을 지구궤도에서 멀리 밀어 버려라. 우리가 이것까지 하기엔 번거롭다."

"하지만……."

유엔 사무총장은 절망한 듯 머리카락을 쥐어뜯었다.

"그건 우리의 소박한 요청을 거절하는 것이나 다름없습니다. 아시다시피 우리에게는 달을 밀어낼 기술이 없지 않습니까?"

"하하, 이 작은 벌레야, 그건 내가 알 바 아니다. 어찌 됐든 아직 한 세기가 더 있지 않느냐?"

말도 안 되는 계획

▼

    온통 흰빛으로 뒤덮인 달의 평원. 우주복을 입은 지구인들이 높이 솟은 굴착 장치 옆에 서 있었다. 탐식제국에서 온 큰이빨은 그보다 조금 더 먼 곳에 있었다. 그들은 철로 된 원기둥이 굴착 장치 꼭대기에서 천천히 내려와 깊은 구덩이로 들어가는 모습을 주시하고 있었다. 밧줄이 빠른 속도로 갱 안을 향해 내려가는 광경을 38만 킬로미터 밖에 있는 지구에서도 함께 지켜보고 있었다. 원기둥이 구덩이 밑바닥에 닿았다는 신호를 받고 큰이빨을 포함해 그곳에 있던 모든 사람들이 박수를 치며 역사적인 순간을 축하했다.

    달을 밀어낼 마지막 핵탄두가 성공적으로 자리를 잡은 이 날은 에리다누스자리와 탐식제국 사자가 지구에 온 지 한 세기가 된 날이기도 했다.

지금은 절망의 세기, 인류는 고통 속에 고군분투하고 있었다.

반세기 동안 전 세계는 온 힘을 다해 달을 밀어낼 슈퍼 엔진을 개발하려고 노력했지만 생각처럼 쉬운 일이 아니었다. 시험용으로 만든 엔진은 달 표면에 폐철로 이루어진 높은 산만 만들어 낼 뿐이었다. 또 다른 엔진 몇 대는 시운전을 하는 과정에서 핵융합의 고온에 녹아 쇳물 호수를 이루기도 했다.

인류는 탐식제국 사자에게 기술 지원을 요청한 적이 있었다. 달을 밀어낼 엔진은 탐식자가 보유하고 있는 슈퍼 엔진의 십분의 일 크기면 충분했지만 큰이빨은 허락하지 않았다. 그는 오히려 조롱하는 말투로 말했다.

"핵융합만으로 행성 엔진을 만들 수 있다고 착각하면 안 된다. 어디 폭죽을 로켓과 비교하느냐. 너희는 괜히 힘 빼지 마라. 은하계에서 한 문명이 더 큰 문명의 밥이 되는 게 지극히 정상 아니겠느냐. 가축처럼 키워지는 삶이 더할 나위 없이 좋다는 사실을 알 게 될 거다. 입고 먹는 데 근심이 없고 죽을 때까지 즐거우니 얼마나 좋으냐. 다른 문명들은 애원을 해도 들어주지 않는데 너희는 불평만 해 대다니. 너희의 그 낡아 빠진 인류 중심론은 참으로 어처구니가 없구나."

상황이 이렇게 된 이상 인류는 에리다누스자리에 희망을 걸수밖에 없었다. 그러나 이마저도 헛된 기대에 불과했다. 에리다누스자리는 지구 문명이나 탐식제국과는 완전히 다른 방식으로 발전을 이어왔다. 그들이 누리는 모든 기술의 힘은 에리다누스자리에 존재하는 생명체에 뿌리를 두고 있었다. 예를 들어 여자아이가 타고 온 결정체는 에리다누스자리의 바다에 떠다니는 부유생물에서 얻은 에너지로 이루어져 있었다. 에리다누스자리 사람들은 그저 생명체가 지닌 기이하고 특별한 능력을 결합하고 이용했을 뿐 기술의 심층적인 부분은 전혀 몰랐다. 더군다나 그 기술은 에리다누스자리를 벗어나면 힘을 잃어버렸다.

50여 년이라는 소중한 시간을 낭비한 후, 절망에 빠진 사람들에게 달을 밀어낼 방법이 번쩍하고 떠올랐다. 이 방법을 가장 먼저 제안한 사람은 대령이었다. 당시 그는 '달 밀어내기 계획'을 이끄는 중요한 지도자로서 총사령관에 올랐다. 그가 제안한 방법은 굉장히 획기적이면서도 어려운 기술이 필요하지 않기 때문에 현재 기술로도 충분히 시도할 수 있었다. 왜 지금까지 이 방법을 생각해 내지 못했는지 오히려 그게 더 이상할 정도였다.

방법은 간단했다. 달의 한 면에 3,000미터 정도 깊이로 500만 개 핵폭탄을 매설하는 것이다. 핵폭탄의 간격은 주변에 있는 핵폭탄의 폭발로 박살이 나지 않는 정도면 충분했다. 이 핵폭탄의 성능과 비교하면 냉전 시대에 만들었던 최고 위력의 핵폭탄은 재래식 무기에 불과했다. 달 지표면 아래에 설치한 슈퍼 핵폭탄이 폭발하면 지층이 찢겨 떨어지고, 그 떨어져 나간 지층의 암석이 달의 저중력 속에서 탈출속도*에 다다르면 달에서 벗어나 우주 속으로 날아간다. 이 과정에서 달을 움직일 수 있는 추진력을 만들 수 있다. 즉, 매 순간마다 일정한 수의 핵폭탄이 터지면 달은 강력한 엔진을 단 것처럼 계속해서 추진력을 얻을 수 있다. 다른 위치에서 핵폭탄을 터트리면 달의 비행 방향을 조종할 수도 있다.

이보다 한 단계 더 나아간 계획도 있었으니, 달 표면 아래에 6,000미터의 깊이에 두 개의 층을 만들어 층마다 핵폭탄을 설치하는 것이다. 먼저 위층에 있는 핵폭탄이 모두 폭발하면 추진면의 3,000미터 깊이의 한 층이 떨어져 나가고 이어서 그 다음 3,000미터 층에서 연속 폭발이 일어나면 달의 추진 시간이 두 배로 늘어난다.

결정체 속 에리다누스자리 여자아이는 이 계획을 듣고 급기야 인간이 미쳐 버렸다고 생각했다.

"너희 인간이 탐식자만큼 기술력이 있었다면 그들보다 더 야만적이었을 거다!"

* 천체 표면에 있는 물체가 이 천체의 만유인력에서 벗어나 우주 공간으로 날아가는 데 필요한 최소 속도

하지만 큰이빨은 이 계획을 듣고 연이어 감탄했다.

"하하하, 벌레들이 이런 끝내주는 계획을 생각해 낼 줄도 아는구나. 나는 이렇게 거친 게 좋아. 거친 것이 아름답지!"

"말도 안 돼. 거친 게 뭐가 아름답다는 거지?"

에리다누스자리 여자아이가 반박했다.

이 말에 큰이빨이 말했다.

"당연히 거친 것이 아름답지. 우주야말로 가장 거칠지 않은가! 칠흑처럼 어둡고 추운 심연 속에 항성이 타 버리는 것이 거칠지 않으면 뭐가 거칠어? 우주는 남자야, 알겠느냐? 너희처럼 연약하기 그지없는 계집애 같은 문명은 우주 구석에나 있는 아무짝에도 쓸모없는 존재라고."

빗나간 궤적

어느덧 100년이 지나갔다. 큰이빨은 여전히 기세등등했고, 결정체 속 에리다누스자리 여자아이는 변함없이 젊음을 뽐내고 있었지만 총사령관은 어느새 135세 노인이 됐다.

이 시기에 탐식자는 명왕성 궤도를 지났다. 그는 에리다누스자리 엡실론에서 시작한 6만 년의 길고 긴 항해 속에서 점점 회생했다. 커다란 타이어 같은 탐식자는 우주 속에서 휘황찬란하게 변해 있었다. 태양계를 약탈할 준비를 끝낸 탐식자는 외부 행성을 약탈하면서 가파른 궤도를 따라 지구로 돌진했다.

달이 지구를 벗어나는 속도가 점점 빨라졌다.

추진면에 설치한 핵폭탄의 폭발이 시작하던 그 순간, 달은 마침 지구가 대낮인 곳에 위치해 있었다. 달이 폭발할 때마다 번

쩌이는 빛이 파란 하늘에 한 번씩 비칠 때마다 마치 은빛 눈동자가 하늘에 나타나는 것 같았다. 밤이 돼도 달의 한쪽 면에서 보이는 빛이 여전히 지면에 있는 사람들을 비추고 있었다. 달 뒤쪽에서는 폭발하면서 우주로 날아간 암석이 그린 희미한 은색 비행운이 보였다. 추진면에 설치된 카메라를 보니, 핵폭탄이 터지면서 찢겨 떨어진 지층이 홍수처럼 우르르 우주로 쏟아지더니 금세 멀어져서 작고 가늘게 보였다. 잠시 후 저 멀리서 한 가닥 거미줄처럼 보이다가 이내 사라졌다.

그러나 사람들의 시선은 하늘에 나타난 무시무시한 타이어에 꽂혀 있었다. 탐식자가 지구에 접근해 오면서 그 인력으로 일어난 밀물과 썰물이 해안 도시를 모조리 폐허로 만들어 버렸다. 탐식자의 꼬리 부분에 있는 파란빛을 내는 엔진은 태양 주위를 빙빙 돌며 지구의 궤도를 맞추기 위해 마지막 조정을 하고 있었다. 곧이어 지구의 자전축과 일직선이 되자 천천히 지구를 향해 이동해 오면서 타이어 모양을 닮은 고리를 지구에 맞춰 나갔다.

달의 가속은 두 달이나 이어졌다. 그 사이 추진면에는 현재까지 250여 개 핵폭탄이 평균 2, 3초 간격으로 터졌다. 가속이 이어진 후 달이 지구를 도는 궤도 모양은 어느덧 전보다 편평해졌다. 달이 타원형 궤도의 꼭대기를 운행하고 있을 때쯤, 초청을

받은 큰이빨은 총사령관과 함께 달의 지면을 거닐었다. 그들은 크레이터가 에워싸고 있는 평원에 서서 땅 밑에서 전달되는 진동을 느끼고 있었다. 마치 달의 중심에 쉬지 않고 뛰는 강력한 심장이 있는 것 같았다. 그리 멀지 않은 곳에서는 칠흑처럼 어두운 우주를 뒤로 하고 탐식자의 거대한 고리가 눈부신 빛을 내면서 나타났다.

"아주 좋아. 총사령관 벌레, 정말 대단해!"

큰이빨은 총사령관을 진심으로 칭찬하며 다시 말을 이었다.

"하지만 서둘러야 한다. 한 바퀴를 돌 정도의 가속 시간밖에 남지 않았어. 탐식제국에는 기다리는 문화가 없다. 또 하나, 10년 전 지었던 지하 성이 아직 비어 있는데 언제 그곳으로 이민자들이 오는지 궁금하다. 너희 비행선으로 한 달 안에 지구에서 달로 10만 명이 이주할 수 있는가?"

"아무도 이주하지 않을 겁니다. 우리가 달에 남은 마지막 인류입니다."

큰이빨은 '우리'라고 말하는 총사령관을 힐끗 쳐다봤다. 그가 말한 우리란 우주순찰대 소속의 5,000명 남짓한 대원이었다. 그들은 크레이터 평원에 질서정연하게 대열을 이루고 있었고 맨 앞에 있는 사병이 파란색 깃발을 펼쳐 들고 있었다.

"보십시오. 저것은 우리 행성의 깃발입니다. 지구는 탐식제국에게 전쟁을 선포합니다!"

큰이빨은 멍하니 서 있었다. 놀라기보다는 당황한 기색이 역력했다. 잠시 후 큰이빨이 별안간 쿵 하고 뒤로 벌러덩 넘어졌다. 갑자기 커진 달의 중력 때문이었다. 큰이빨은 꿈쩍도 하지 못하고 그대로 땅에 누워 있었다. 거대한 몸이 뒤로 넘어지면서 뿌옇게 날리던 달 표면의 분진이 천천히 아래로 내려오다 다시 빠르게 휭 하고 날아갔다. 달의 다른 면에서 온 지진파 때문이었다. 이 진동으로 평원에는 하얀색 분진이 가득했다.

큰이빨은 그제야 달의 다른 면에서 이전보다 몇 배나 큰 위력으로 핵폭탄이 터졌다는 사실을 알았다. 이 때문에 중력이 갑자기 몇 배 커진 것이다. 그는 급증한 중력을 통해 달의 가속도가 얼마나 증가했는지도 짐작할 수 있었다. 큰이빨은 데굴데굴 몸을 굴려 주머니에서 커다란 휴대용 컴퓨터를 꺼내서는 달의 현재 궤도를 검색했다. 만약 급격하게 증가하는 가속도가 계속 이어진다면 달은 더 이상 궤도를 유지하지 못하고 지구의 인력에서 벗어나 우주로 날아가 버릴 것이다. 화면에 나타난 빨갛게 깜빡이는 점선이 달의 예측 방향을 나타내고 있었다.

달은 곧 탐식자와 정면충돌할 예정이었다.

큰이빨은 천천히 일어나다가 손에 들고 있는 컴퓨터를 떨어뜨렸다. 고개를 들고 보니 갑자기 증가한 중력과 파도 같은 뿌연 먼지 속에서도 지구 군단의 대열은 흔들림 없이 곧게 서 있었다.

"100년 동안 음모를 숨겨 왔군."

큰이빨은 중얼거렸다.

총사령관이 고개를 끄덕이고 말했다.

"당신이 너무 늦게 알아챈 겁니다."

큰이빨은 긴 한숨을 내쉬고 말했다.

"지구인은 에리다누스자리와는 완전히 다른 종족이라는 걸 눈치챘어야 했는데. 에리다누스자리는 공생을 통해 진화하기 때문에 자연 도태나 생존경쟁이 없고 그 어떤 전쟁도 하지 않는다. 지구인도 그럴 것이라 착각하고 온 것이 화근이었어. 너희 지구인은 나무에서 내려온 후부터 줄곧 서로 싸우고 경쟁하며 살아왔으니 쉽게 정복당할 리가 없겠지! 나는…… 용서받지 못할 잘못을 했구나!"

"에리다누스자리 사람들은 우리에게 수많은 중요한 정보를 주었습니다. 그중에서 탐식자의 가속도 한계치를 바탕으로 이번 작전을 세웠던 겁니다. 달에 있는 방향 전환 핵폭탄이 터지면 달의 가속도는 탐식자 속도 한계치의 세 배에 이를 수 있습니다. 다시 말해서 탐식자보다 세 배 빠르게 움직이니 이번 충돌을 피하지 못할 겁니다."

"우리도 손 놓고 있지는 않았다. 지구가 대량의 핵폭탄을 만들고 있을 때 우리는 이 핵폭탄의 위치를 내내 감시했지. 지구 지층 사이에 놓여 있다는 것까지는 알아냈으나 그 다음은 전혀 생각하지 못했는데……."

총사령관은 살짝 미소를 짓고는 말했다.

"우리가 핵폭탄으로 탐식자를 직접 공격할 만큼 그리 멍청하지 않습니다. 지구인의 보잘것없는 미사일이었다면 원하는 거리의 반도 날아가지 못하고 전투 경험이 많은 탐식제국에게 모두 저격당했겠지요. 하지만 탐식제국이 거대한 달을 막아 내지는 못할 겁니다. 달을 박살내거나 달의 방향을 바꿀 수도 있겠지만 이미 늦었습니다. 탐식제국이 막아 내기에 달은 이미 너무 가까이 왔으니까요."

"교활한 벌레, 음흉한 벌레, 악독한 벌레! 탐식제국은 순수한 문명이다. 그 무엇도 속이지 않고 솔직했건만 결국 교활하고 음흉한 지구 벌레에게 속고 말다니!"

극도로 화가 난 큰이빨은 발톱으로 총사령관을 잡으려 했으나 사병들이 기관단총을 겨누어 이내 멈췄다. 자신도 피와 살로 이루어진 생명체이기 때문에 총을 맞으면 죽을 수 있었다.

총사령관이 큰이빨에게 말했다.

"우리는 이만 가겠습니다. 사신도 달을 떠나십시오. 그렇지 않으면 탐식제국의 핵폭탄 속에 죽고 말 것입니다."

총사령관의 말이 맞았다. 큰이빨과 우주순찰대가 달을 떠나자마자 탐식자의 미사일이 달의 표면을 때렸다. 이때 표면 두 군데서 강력한 빛이 번쩍하더니 전진하는 부분에 있던 수많은 암석이 폭발했다. 추진면과 달리 이 암석들은 목적지 없이 우주로 흩어져 버렸다. 성난 황소처럼 탐식자를 향해 돌진하는 달을 그 무엇도 막을 수 없었다. 달을 바라보며 지구의 수많은 사람이 환호성을 질렀다.

탐식제국은 안간힘을 쓰면서 달을 막아 보려 했지만 얼마 지나지 않아 포기했다. 막아 보려는 몸짓이 무의미하다는 걸 깨달았기 때문이다. 달이 너무 가까이 와 버려서 달의 운행 방향을 바꿀 수도, 부숴 버릴 수도 없게 됐다.

달에 설치한 추진용 핵폭탄도 폭발을 멈췄지만 속도는 충분했다. 우주순찰대는 충분히 남겨 둔 핵폭탄을 이용해 마지막으로 궤도를 조정하려 했다.

모든 것이 잠잠해졌다. 적막한 우주 속에서 달은 탐식자를 향해 빠르게 날아갔다. 둘의 거리는 급속도로 줄어들었다. 거리가 50만 킬로미터까지 가까워졌을 때, 총사령부가 있는 지휘선에서 바라보니 달이 탐식자와 서로 겹쳐진 것이 마치 볼베어링과 쇠구슬 같았다.

현재까지 탐식자가 항해하는 방향은 변함없이 그대로였다. 이는 쉽게 이해되는 점이다. 탐식자가 너무 일찍 궤도를 조정하면 달도 그에 상응하는 반응을 할 것이다. 그러므로 탐식자의 입장에서 진정한 의미의 회피는 달이 마지막 충돌을 앞둔 상황에서 일어나야 했다. 마치 중세시대에 창을 들고 맞대결하는 기사들을 생각하면 이해가 쉽다. 먼 거리에서 말을 타고 상대방을 향해 달려오다 실제로 승패가 갈리는 지점은 서로 충돌하기 직전의 그 짧은 거리다. 은하계의 두 문명은 숨을 멈추고 최후의 순간을 기다리고 있었다.

거리가 35만 킬로미터까지 좁혀졌을 때, 달과 탐식자 모두 동력 엔진에 시동을 걸기 시작했다. 탐식자의 엔진이 먼저 파란 화염을 내며 피하기 시작했다. 달에 설치된 핵폭탄은 이에 반응해 엄청난 물량 공세로 미친 듯이 폭발하면서 공격 방향을 수정했다. 휘어진 비행운이 시시각각 달라지는 달의 움직임을 그대로 보여 주었다. 탐식자가 내뿜는 수만 킬로미터의 파란빛이 달의 핵폭탄이 밝히는 은빛과 맞닿으면서 태양계에는 이제까지 볼 수 없었던 웅장한 광경이 연출됐다.

달과 탐식자의 항해가 세 시간 동안 이어지면서 둘 사이의 거리가 5만 킬로미터까지 줄었다. 그 순간, 지휘선에서 컴퓨터를 통해 결과를 보던 사람들은 자신의 눈을 믿을 수가 없었다. 탐식자의 궤도 변경 가속도는 에리다누스자리가 제공해 준 한계치의 네 배나 됐다. 탐식자의 가속 한계치는 지구인이 승리를 거둘 수 있느냐를 결정짓는 중요한 정보였다. 달에 남아 있는 핵폭탄으로는 탐식자를 따라 방향을 조절하기에는 역부족이었다. 컴퓨터 예측을 보면 아무리 궤도 변경을 한다 해도 30분 후 달은 400킬로미터 거리에서 탐식자를 스쳐 지나간다.

번쩍하고 눈부신 빛이 일어나더니 달의 마지막 핵폭탄이 터졌다. 이때 탐식자의 엔진도 꺼져 버렸다. 쥐 죽은 듯한 고요함 속에 관성의 법칙은 이 위대한 서사시의 마지막 장을 마무리했다. 즉, 달이 탐식자의 가장자리를 스쳐 지나간 것이다. 달의 속도가 빨라서 탐식자의 인력으로는 달을 잡을 수가 없었지만 달의 비행 궤적은 비틀어 놓았다. 달은 탐식자를 스쳐 지나 멀리 태양이 있는 곳으로 유유히 날아갔다.

몇 분 동안 지휘선 안에 침묵이 흘렀다.

사람들 사이에서 한 장군이 작은 목소리로 말했다.

"에리다누스자리가 우리를 속였습니다."

또 다른 참모가 소리를 질렀다.

"결정체는 탐식제국과 한패였을지도 모릅니다!"

총사령부는 혼란에 빠졌다. 자리에 있던 모든 사람이 고함을 지르면서 절망했다. 어떤 사람들은 울었고 어떤 사람들은 자신의 머리를 쥐어뜯었다. 그들은 정신적으로 이미 무너져 있었다. 그러나 총사령관만은 이성을 잃지 않고 서 있었다. 그는 천천히 몸을 돌려 사람들에게 한마디 던졌다. 그의 말에 혼란했던 상황이 어느 정도 진정됐다.

"여러분, 여기서 우리는 한 가지 문제에 주목해야 합니다. 탐식자가 왜 엔진을 껐을까요?"

이 말을 듣고 사람들은 곰곰이 생각했다. 달에 설치한 핵폭탄이 모두 터진 상황에서 탐식자가 엔진을 끌 이유가 없었다. 탐식자는 달에 핵폭탄이 얼마나 남았는지 몰랐다. 게다가 탐식자의 인력이 달을 잡을지도 모른다는 위험을 고려하면 충돌을 피하기 위해 계속해서 속도를 내고 달이 공격 가능한 거리와 멀어져야 했다. 근접한 거리인 400킬로미터에 만족해서는 안 되는 상황이었다.

"탐식자의 표면을 찍은 근거리 사진을 가져 와라."

총사령관이 말했다.

탐식자를 빠르게 스쳐 가던 지구의 소형 정찰기가 500킬로미터 상공에서 보낸 홀로그램이 스크린에 펼쳐졌다. 탐식자의 눈부신 대륙이 눈앞에 나타났다. 사람들은 철로 이뤄진 산맥과 협곡을 경외하는 눈빛으로 바라봤다. 군데군데 길게 난 검은 틈이 총사령관의 눈에 띄었다. 한 세기가 지나는 동안 그는 탐식자의 표면에 있는 세세한 부분까지 하나하나 기억하고 있었다. 그의 기억이 맞다면 분명 그 틈은 전에 없던 것이었다. 다른 사람들도 곧이어 이 부분에 주목했다.

"이것이 무엇입니까? 균열입니까?"

"그렇다. 균열이다. 5,000킬로미터에 이르는 균열이 생겼다. 에리다누스자리는 우리를 속이지 않았어. 결정체에서 가져온 자료는 모두 진짜다. 탐식자의 가속 한계치는 분명 존재한다. 그러나 달이 가까워지자 절망한 탐식자는 그 무엇도 고려하지 않고 한계의 네 배가 넘는 속도를 냈다. 이 균열은 바로 한계치를 넘어 가속도를 낸 결과물이다."

이어서 사람들은 다른 곳에서도 균열을 발견했다.

"보십시오. 이것은 무엇입니까!"

그때 마침 탐식자의 자전으로 다른 부분이 시야에 들어왔다. 금속 대륙 가장자리에 눈부신 원이 나타난 것이다. 마치 광활한 지평선에 떠오르는 일출과도 같았다.

"자전 엔진입니다!"

자리에 있던 한 군관이 말했다.

"그렇다. 탐식자의 적도에는 자전 엔진이 있다. 탐식자는 지금 최대 출력으로 자전을 멈추고 있어. 최대한 빨리, 할 수 있는 모든 방법을 동원해 자료를 찾아서 모의실험을 실시하라!"

총사령관은 명령을 내렸지만 이번 일이 일어나기 전에 이미 관련된 시뮬레이션을 진행한 적이 있었다. 그는 한 세기를 거치면서 파악한 탐식자의 물리적인 구조와 필수 자료들을 기반으로 시뮬레이션 결과를 빠르게 얻어 냈다. 약 40시간이 지나면 자전 엔진은 탐식자의 자전 속도를 파괴치 아래로 줄일 수 있었다. 그러나 만약 이 자전 속도보다 빨라질 경우 찢겨진 탐식자는 원심력의 영향을 받아 18시간 내에 완전히 해체되고 말 것이다.

사람들은 환호성을 질렀다.

이어서 스크린에는 탐식자가 해체되는 상황을 담은 홀로그램이 나타났다. 해체가 진행되는 과정은 느렸다. 이 거대한 세계는 커피에 떠 있는 우유 거품처럼 천천히 어두운 우주 속으로 흩어졌다. 가장자리에 파편들은 우주에 녹아 버린 것처럼 어둠 속으로 사라졌다가 갑자기 폭발하면서 빛을 내며 한 번씩 모습을 드러냈다.

사람들이 감격하는 동안 총사령관은 그들에게서 멀리 떨어진 곳으로 가 탐식자의 상황을 주시했다. 그의 얼굴에는 승리의 기쁨이라고는 찾아볼 수 없었다. 잠시 후 흥분을 가라앉힌 사람들은 총사령관을 쳐다보고 다시 스크린 앞으로 다가갔다. 스크린에는 탐식자 꼬리 부분의 파란 고리가 나타났다. 그들이 추진 엔진을 다시 켠 것이다.

이는 도저히 이해하기 어려운 상황이었다. 탐식자가 심각한 손상을 입은 상태라 미세한 가속만 있어도 해체될 수 있기 때문이다. 게다가 탐식자의 운행 방향에 사람들은 의문을 품었다. 탐식자는 달의 공격을 피하기 전에 위치했던 자리로 천천히 돌아와 지구와 나란히 태양을 도는 궤도를 조심스럽게 만들고 있었다. 자신과 지구의 자전축을 일직선으로 맞추려는 시도였다.

"무엇을 하려는 겁니까? 어째서 지구를 다시 덮치려는 걸까요?"

누군가 놀라서 물었다.

이 말을 들은 사람들은 피식 하고 웃다가 총사령관의 표정을 보고는 금세 웃음을 거두었다. 두 눈을 꼭 감은 총사령관의 얼굴은 창백했다. 한 세기 동안 탐식자에 저항하면서 지구인의 정신적 지주 역할을 해 왔던 총사령관의 모습과는 사뭇 달랐다. 사람들은 마음을 진정시키고 다시 스크린으로 눈을 돌린 후에야 현재 상황이 얼마나 심각한지 깨달았다.

탐식자에게는 아직도 살아날 출구가 있었다.

탐식자는 지구를 덮치려는 항해를 시작했다. 지구의 운행과 함께 하면서 탐식자는 지구의 남극으로 이동했다. 오히려 속도를 줄이면 자전의 원심력으로 해체될 수 있었다. 지나치게 빨라져도 앞으로 나아가는 가속도 때문에 해체될지도 모른다. 탐식자는 시간과 속도의 균형을 완벽하게 맞춰야 하는 목숨이 걸린 외줄타기를 하고 있었다.

남극이 탐식자의 고리에 끼워지기 직전에 지휘선에 타고 있던 사람들은 남극 대륙의 해안선 모양이 달라지는 상황을 목격했다. 남극 대륙은 뜨겁게 달궈진 프라이팬 위에 놓인 버터처럼 면적이 작아지고 있었다. 바닷물이 탐식자의 인력 때문에 남극으로 쏠리면서 지구 끝단의 하얀 눈으로 덮인 대륙이 성난 파도에 침몰됐다.

탐식자의 고리에 난 균열은 수가 점점 늘어날 뿐만 아니라 폭도 계속해서 벌어지고 있었다. 가장 먼저 나타났던 균열은 이제 더 이상 검은색을 띠지 않았다. 그 안에는 수천 킬로미터에 달하는 지옥문이 열린 것처럼 검붉은빛이 흘러나오고 있었다.

거미줄처럼 생긴 희고 가는 선들이 고리 표면으로부터 올라왔다. 이 선들은 계속해서 늘어나더니 고리마다 나타났다. 그 모습이 마치 탐식자의 흰머리 같았다. 이것은 탐식자에서 발사한 비행선의 비행운이었다. 탐식인들이 곧 파괴될 자신의 세계에서 도망치기 시작한 것이다.

지구가 탐식자에게 반 정도 먹혔을 즈음 상황은 뒤바뀌었다. 지구의 인력이 보이지 않는 무수한 수레바퀴 살처럼 해체되고 있는 탐식자를 잡아 끌었다. 이 때문에 탐식자의 표면에는 더 이상 새로운 균열이 나타나지 않았고 틈도 더 이상 벌어지지 않았다. 이제 열네 시간이 지나면 지구는 완전히 탐식자에 먹힐 지경에 놓였다. 지구의 인력이 강해지자 탐식자 표면에 나타난 균열이 작아지더니 다섯 시간이 흐른 후에는 이 균열이 완전히 봉합됐다.

갑자기 지휘선에 있는 총사령부 스크린이 까맣게 변하더니 모든 등이 꺼져 버렸다. 오직 태양만이 창문을 통해 어스름한 빛을 전해 주고 있었다. 인공 중력을 만들기 위해 비행선 중앙부가 천천히 회전하자 창문으로 보이는 태양이 솟았다 내려가기를 반복했다. 햇빛도 이를 따라 빙빙 돌기 시작했다. 마치 이제는 영원히 과거가 되어 버린 낮과 밤을 추억하며 이야기하는 것만 같았다.

"한 세기 동안 자신이 맡은 일에 최선을 다해 준 대원들, 모두 고맙다."

총사령관은 총사령부의 모든 사람들에게 고마움을 표현했다. 대원들이 보는 앞에서 그는 자신의 군복을 조용히 정리했다. 함께 있던 대원들도 총사령관을 따라 자신의 군복을 정리했다.

인류는 실패했다. 하지만 우주순찰대는 자신에게 주어진 모든 책임을 완수하기 위해 노력했다. 책임을 다한 군인에게 이 순간은 영광이었다. 그들은 보이지 않는 훈장을 가슴에 깊이 새겼다. 그들에게는 이 순간을 즐길 자격이 충분했다.

다시 살아난 지구

"정말 물이 있습니다!"

젊은 대위가 기쁜 목소리로 외쳤다. 그의 눈앞에 펼쳐진 넓은 수면 위로 황혼의 하늘이 반사돼 반짝이고 있었다.

총사령관은 마스크와 우주 장갑을 벗은 후 손으로 물을 떠서 살짝 맛을 봤다. 그는 마스크를 다시 쓰고 말했다.

"아주 짜지는 않네."

대위도 마스크를 벗으려 하자 총사령관이 말리며 말했다.

"감압병*이 올 수 있어. 대기 성분은 괜찮네. 유황과 같은 성분도 옅어졌어. 하지만 기압이 전쟁 전 1만 미터 고공에 있을 때만큼이나 낮아."

---

* 급격히 기압이 변화할 때 생기는 증상

다른 대원이 발밑에 있는 모래에서 무언가를 찾아냈다. 그가 고개를 들고 웃는 얼굴로 총사령관에게 말했다.

"씨앗이 있는 것 같습니다."

총사령관은 고개를 저었다.

"전쟁 전에 이곳은 해저였어."

"이곳에서 멀지 않은 곳에 있는 11호 신육지로 가 보면 어떨까요. 그곳에는 분명 있을 겁니다."

대위가 말했다.

"있어도 다 타 버렸을 겁니다."

주변에 있던 누군가가 한숨을 내쉬고 말했다.

자리에 있던 사람들은 사방을 둘러봤다. 지평선에는 최근 일어난 지각변동으로 생긴 산맥이 쭉 이어져 있었다. 산은 벌거숭이 암석으로 이뤄졌고 산 정상에서 흘러내린 마그마에서는 검붉은빛이 반짝이고 있었다. 그 산맥의 모습은 마치 거인이 피를 흘리고 있는 것 같았다. 대지에는 마그마가 지나간 흔적만 남아 있었다.

이것이 전쟁이 끝난 후 230년이 지난 지구의 모습이었다.

전쟁이 끝나고 총사령부의 생존자 100여 명은 탐식자가 뱉어 낸 지구가 지구인의 보금자리로 돌아올 날을 기다리며 지휘선에 있는 동면기로 들어갔다. 지휘선은 하나의 위성이 돼 넓고 큰 궤도에서 탐식자와 지구로 구성된 연합 천체를 따라 운행하고 있었다. 이후 탐식제국은 그들을 괴롭히지 않았다.

전쟁 후 125년이 되는 해, 지휘선에 있는 센서 시스템이 탐식자가 지구를 뱉어 냈다는 사실을 감지하고 동면 중인 사람들 일부를 깨웠다. 그들이 일어날 때쯤 탐식자는 이미 지구를 떠나 금성으로 향하고 있었다. 탐식자가 떠난 지구는 난로에서 벌겋게 달궈져 나온 숯을 닮은 낯선 행성으로 변해 있었다. 바다는 사라진 지 오래고 대지에는 거미줄 같이 마그마가 여기저기 흐르고 있었다. 그들은 계속해서 동면을 취하는 수밖에 달리 방법이 없었다. 다시 센서를 설정하고 지구가 냉각되기를 기다렸다. 그렇게 그들은 다시 한 세기를 보내야 했다.

사람들이 동면에서 다시 깨어나던 즈음, 열이 식은 지구는 황량한 노란 행성으로 변해 있었다. 격렬했던 지질 운동은 잠잠해졌다. 생명체는 모두 사라진 지 오래였지만 희박하게나마 대기가 있었고 바다도 보였다. 그들은 전쟁 전 내륙의 호수만큼 작아져 버린 바다의 해변가에 착륙했다.

잠시 후 쿵 하는 소리가 크게 들렸다. 대기가 희박한 데도 귀가 먹먹할 정도였다. 낯설지 않은 투박한 탐식제국의 비행선이 인류의 비행선에서 멀지 않은 곳에 착륙했다. 큰이빨이 거

대한 문을 지나 전봇대 높이의 지팡이를 짚고 몸을 떨면서 내려
왔다.

"아! 아직 살아 있었군요? 500살쯤 됐죠?"

총사령관은 큰이빨과 인사를 나누었다.

"내가 그렇게 오래 살 수 있을까? 전쟁이 끝나고 30년 동안
동면에 들었지. 그대들을 다시 보려고 말이야."

"탐식자는 지금 어디에 있습니까?"

큰이빨은 하늘을 가리키며 말했다.

"저녁이 돼야 볼 수 있어. 작고 희미한 별로 보이겠지만. 이
제 목성을 지났을 거야."

"태양계를 벗어나고 있습니까?"

큰이빨은 고개를 끄덕였다.

"지금 나는 탐식자를 따라갈 거야."

"우리 모두 늙었어요."

"늙었지……."

큰이빨은 서글픈 표정을 짓고는 다시 고개를 끄덕였다. 그는
다른 손으로 지팡이를 고쳐 잡은 후 다시 말을 이었다.

"이곳은 지금……."

"적지만 물과 대기가 남아 있습니다. 탐식제국이 자비를 베
푼 걸까요?"

총사령관의 말에 큰이빨은 고개를 저었다.

"자비와는 아무 상관없어. 이것은 그대들이 이룬 업적이다."

지구 전사들은 이해가 안 된다는 눈빛으로 큰이빨을 쳐다봤다.

"탐식제국은 그대들과 전쟁을 벌이면서 유례없는 큰 상처를 입었어. 고리가 찢기면서 수억 명이 죽었고 생태계도 심각한 타격을 받았지. 전쟁 후 지구 시간으로 50년이 흐른 후에야 차츰 회복됐어. 그러고 나서야 겨우 지구를 씹을 수 있는 능력이 생겼지.

하지만 탐식자가 태양계에 머물 수 있는 시간은 유한해. 만약 제때에 떠나지 않으면 성간 티끌이 우리 앞의 항로를 덮을 거다. 그 때문에 길을 돌게 되면 우리는 다음 항성계에 도달하는 데까지 1만 7000년이나 늦어져. 그동안 항성에 변화가 일어나서 우리가 먹으려는 행성 몇 개가 박살나 버릴 거야. 결국 태양계 행성 몇 개를 먹는데 급박해져서 지구를 깨끗하게 먹어 치울수가 없었어."

총사령관은 주위에 있는 대원들을 쳐다본 후 말했다.

"그렇게 말씀해 주시니 큰 위안이 되는군요. 영광입니다."

"그러니 자괴감에 빠지지 않아도 돼. 그것은 위대한 별들의 전쟁이었다. 탐식제국의 길고 긴 전쟁사에서 그대들은 가장 뛰어난 전사들이었다!"

"인류가 이 전쟁을 기억하기를 바랍니다. 참, 지금 인류는 어떻습니까?"

"전쟁이 끝난 후, 인류는 전체 인구 중 반을 차지하는 20억 명이 탐식제국으로 이주했다."

큰이빨은 이 말을 마치고 휴대용 컴퓨터의 화면을 켰다. 화면에는 탐식제국에서 살고 있는 인류의 모습이 나타났다. 사람들이 파란 하늘 아래 펼쳐진 아름다운 평원에서 행복한 듯 노래를 부르며 춤을 추고 있었다.

하나 같이 피부가 곱고 하얀 데다 얇은 망사로 만든 긴 옷을 입고 있고, 머리에는 예쁜 화환을 두르고 있어서 얼핏 보면 누가 여자고 남자인지 성별을 구분하기 어려웠다. 먼 곳에는 동화에 나올 법한, 버터와 초콜릿으로 성벽을 두른 것 같은 아름다운 성이 보였다.

총사령관은 렌즈를 가까이 끌어당겨 사람들의 표정을 유심히 바라봤다. 그들은 진심으로 즐거워하고 있었다. 그 어떤 걱정도 없어 보이는 그들의 표정은 수정처럼 맑고 순수했다. 전쟁 전 인류가 어린 시절에나 느낄 수 있던 그런 기쁨이었다.

"그들은 무조건 즐거워야 한다. 그렇지 않으면 좋은 육질을 기대할 수 없으니까. 지구인은 탐식제국의 상류층만이 즐길 수 있는 고급 식품이다. 나는 돈이 없어서 마음껏 먹지도 못해. 아, 총사령관, 자네의 증손자를 찾았네. 영상 메시지를 녹화했는데 볼 텐가?"

총사령관은 놀란 표정으로 큰이빨을 쳐다보며 고개를 끄덕였다. 잠시 후, 모니터에는 피부가 고운 예쁘장한 남자아이가 나타났다. 열 살 정도로 보였지만 키는 성인 남자만큼 컸고 곱고 섬세한 손으로 화환을 들고 있었다. 아마도 무도회에 있다 온 모양이었다. 총사령관의 증손자는 맑고 커다란 눈망울로 카메라를 바라보며 말했다.

"증조할아버지께서 아직 살아 계시다고 들었습니다. 맞습니까? 그렇다면 한 가지만 부탁드리겠습니다. 절대 저를 찾으러 오지 마세요! 그러면 저는 증조할아버지를 혐오할 거예요! 여기 있는 사람들은 전쟁 전 인류의 삶을 생각하면 역겹대요. 그건 늑대의 삶, 바퀴벌레의 삶이니까요! 증조할아버지와 지구 전사들이 그런 삶을 이어가려다 하마터면 아름다운 천당에 들어가는 걸 막을 뻔했다고요! 제 정신이 아닌 거죠. 증조할아버지 때문에 제가 얼마나 창피한지 아세요? 제가 얼마나 끔찍해하는지 아냔 말이에요? 쳇, 절대 저를 찾아오지 마세요! 흥, 어서 죽어 버려요!"

이 말을 마치고 증손자는 평원에서 벌어지는 무도회를 향해 폴짝폴짝 뛰어갔다.

큰이빨이 어색한 침묵을 깨고 말했다.

"아이는 곧 환갑이 돼. 하지만 살고 싶은 만큼 살 수 있어. 도살되지는 않을 걸세."

총사령관은 처량한 표정으로 살짝 웃으며 말했다.

"저 때문이라면 고맙습니다."

"아니네. 자기 출신을 알고 난 후 저 아이는 낙담했어. 자네에 대한 원망도 많이 했지. 그런 부정적인 감정 때문에 저 아이는 육질 검사에서 불합격될 걸세."

큰이빨은 마지막으로 남은 진정한 인간들을 보고 있자니 만감이 교차했다. 해진 우주복을 입고 있는 그들의 얼굴에는 어느새 세월의 흔적이 보였다. 어슴푸레한 햇빛에 비친 그들은 지구의 대지에 서 있는 철 조각상 같았다.

큰이빨은 컴퓨터를 덮고 미안하다는 표정으로 말했다.

"이걸 보여 주고 싶지 않았지만 그대들은 진정한 전사이니 용감하게 현실을 받아들일 거라 믿었네. 이제는……."

그는 잠시 머뭇거리다 말을 이었다.

"인류 문명이 끝났음을 인정해야 해."

"탐식제국이 우리 지구 문명을 멸망시켰습니다. 탐식제국은 천벌 받을 죄를 지었습니다!"

총사령관은 먼 곳을 응시하며 말했다.

큰이빨이 히죽 웃었다.

"또 입바른 소리가 시작됐군."

"우리의 보금자리인 지구를 침략해 잔인하게 모든 것을 먹어 치운 당신들은 그런 말 할 자격이 없습니다."

총사령관은 싸늘한 목소리로 말했다. 주변에 있던 대원들은 총사령관과 큰이빨의 대화에 더 이상 관심을 보이지 않았다. 탐식자의 잔인함과 냉혹함은 이미 인류가 이해할 수 있는 범위를 넘어섰기 때문에 인간들은 탐식자와의 정상적인 교류를 포기한 지 오래였다.

"아니. 우리는 자격이 있다. 나는 아직도 인간들과 옳고 그름을 이야기하고 싶단 말이다. '어떻게 인간을 순식간에 먹어 버릴 수 있죠!' 같은 말에 대해서 말이야."

큰이빨의 마지막 말에 사람들은 소름이 끼쳤다. 이 말은 번역기에서 나온 말이 아니라 큰이빨이 직접 한 것이었다. 비록 그의 목소리는 너무 커서 쩌렁쩌렁 울렸지만 3세기 전 총사령관의 말투와 너무나 똑같았다.

큰이빨은 번역기를 통해 이어서 말했다.

"총사령관, 300년 전 당신의 생각이 맞았소. 별들 사이의 서로 다른 문명은 다른 점보다 닮은 점이 많을 때 훨씬 큰 충격을 주는 법. 우리는 이렇게 닮으면 안 되는 거였소."

자리에 있던 대원들의 시선이 모두 큰이빨을 향했다. 그들은 세상이 놀랄 만한 비밀이 곧 밝혀질 것 같은 예감을 느꼈다.

지팡이를 짚고 곧게 선 큰이빨은 먼 곳을 주시하며 말했다.

"친구들이여, 우리는 태양의 자손이고 지구는 우리 모두의 보금자리다. 하지만 우리는 그대들보다 지구를 누릴 권한이 더 많았다! 그대들보다 이른 1억 4000만 년 전부터 우리 선조들은 이 아름다운 별에서 살아 왔고 찬란한 문명을 이뤄 냈다."

지구 전사들은 큰이빨을 물끄러미 쳐다봤다. 그의 옆에 남아 있는 바다는 희미한 햇빛에 넘실거리고 먼 곳에 있는 새로운 산맥은 핏빛의 마그마를 내뿜고 있었다. 파란만장한 시간이 흐른 후, 한때 지구에서 융성했던 인간과 공룡이 탐식자에게 약탈당한 땅에서 처량한 모습으로 다시 만났다.

"공룡!"

누군가 외마디 비명을 질렀다. 큰이빨이 고개를 끄덕였다.

"공룡 문명은 지구 시간으로 1억 년 전에 크게 번성했다. 그대들의 지질시대로 따지자면 중생대 백악기 중기에 해당하지. 백악기 말기에 최고의 전성기를 누렸어. 우리는 거대한 종이라 먹는 양도 대단했어. 공룡의 수가 급격하게 증가하면서 생태계는 공룡 사회를 유지해 줄 수 없게 됐지. 지구에 있었던 공룡 문명은 2,000만 년의 역사를 이어 갔지만 공룡 사회가 실제로 빠른 속도로 팽창한 건 수천 년에 불과해. 생태계에 끼친 영향은 지질시대 전체로 보면 갑자기 일어난 대재난과 같았어. 이것은 그대들이 추정한 대로 백악기의 재난이었지.

그러다 마침내 모든 공룡은 거대한 세대비행선 열 척에 몸을 싣고 망망대해와 같은 우주를 항해하기 시작했어. 이후 이 비행선 열 척은 하나로 합쳐졌고 행성에 도착할 때마다 확장하기를 반복해서 6,000만 년이 지나 지금의 탐식제국이 됐다."

"어째서 자신의 보금자리인 지구를 먹으려 한 겁니까? 공룡은 고향에 대한 그리움도 없습니까?"

누군가 큰이빨에게 물었다.

큰이빨은 잠시 회상에 잠겼다가 대답했다.

"얘기하자면 길다. 별들 간의 공간은 정말 끝도 없는 망망대해지. 하지만 그대들이 상상하는 것과 달리 우리 같은 탄소계 생명체에게 적합한 공간은 그리 많지 않았어. 우리가 있던 위치에서 은하계 중심 방향으로 가면 2,000광년도 못 가서 엄청난 성간진*을 만나게 돼. 그곳에서는 항해도 할 수 없고 생존도 불가능하지. 다시 더 앞으로 나아가면 강력한 방사능과 블랙홀을

* 우주 공간에 흩어져 있는 미립자 모양의 물질을 아울러 이르는 말

만나게 될 거다. 반대 방향으로 가면 말이지 우리가 일찍이 도착했던 나선팔*의 끝이 나와. 거기서 멀지 않은 곳에는 끝도 없는 허공이 펼쳐지지.

지금 유일하게 살 길은 은하계의 다른 나선팔로 항해하는 것뿐이다. 그곳에 무엇이 있는지 우리도 몰라. 하지만 이 공간에 계속 있으면 우리는 죽고 말 거야. 이번 항해는 1,500만 년이 걸릴 거다. 가는 길이 모두 황량할 거야. 그래서 우리는 항해를 시작하기 전에 모든 식량을 완벽하게 준비해야 한다. 지금 탐식제국은 말라 가는 웅덩이에 사는 물고기 신세와 다름없어. 물이 다 마르기 전에 하루 빨리 이곳에서 벗어나야 해. 아마도 대다수는 강렬한 태양 아래에 있는 말라 버린 땅에서 죽어 가겠지만 남은 누군가는 새로운 물웅덩이로 옮겨가 살지 않을까?

그리움이라……. 수천만 년 동안 우주의 이곳저곳을 떠돌아다니고 수많은 별들과 전쟁을 치르다 보니 공룡이란 종족의 심장은 돌처럼 굳어 버린 지 오래야. 앞서 천만 년의 항해를 위해 탐식제국은 더 많이 먹어 둬야 했어. 문명이란 무엇이지? 문명은 먹는 거다. 쉬지 않고 먹고 또 먹고, 끊임없이 확장하고 팽창하는 것이다. 먹는 것 외에 나머지는 부차적일 뿐이지.”

* 은하의 별이나 성간물질의 가스가 소용돌이와 같은 모양으로 분포된 것

총사령관은 깊은 생각에 잠겼다가 다시 말문을 열었다.

"생존경쟁이 우주의 생명과 문명 진화의 유일한 법칙이란 말입니까? 자급자족하고 자신을 돌아보면서 여러 생명체가 공생하는 문명을 만들 수는 없습니까? 에리다누스자리처럼 말입니다."

큰이빨은 긴 한숨을 쉬고 말했다.

"나는 철학가가 아니라오. 가능할 수도 있겠지. 하지만 누가 먼저 그 첫 발을 내딛느냐가 관건 아니겠소? 자신이 생존하기 위해 남을 정복하고 멸망시키는 것, 이것이 우주에서 생명체와 문명이 생존하기 위한 진리이자 법칙이오. 이 진리를 따르지 않고 다른 길을 찾겠다고 나섰다가는 죽고 말거요."

큰이빨은 비행선으로 돌아갔다가 잠시 후 3, 4제곱미터 정도 되는 납작한 사각형 모양의 상자를 가지고 나왔다. 인간이라면 네 명 정도가 힘을 모아야 들 수 있는 크기였다. 큰이빨은 이 상자를 땅에 내려놓고 덮개를 찢었다. 안을 들여다보니 흙이 가득 있었고 그 흙 위에는 풀이 자라고 있었다. 생명이라고는 찾아볼 수 없는 이곳에서 녹색은 사람들의 심장을 뛰게 했다.

"이것은 전쟁이 있기 전 지구의 흙이다. 전쟁 후 나는 이 흙에 있는 모든 식물과 곤충이 겨울잠에 들도록 했지. 이들은 두 세기가 지난 지금 나와 함께 동면에서 깨어났다. 이 흙을 기념으로 가져가려 했는데 지금 생각해 보니 그러지 않는 게 낫겠어. 있어야 하는 자리로 돌아가는 게 맞아. 우리는 어머니 같은 지구에서 이미 많은 것을 빼앗아 갔으니까."

생명이 숨 쉬는 지구의 흙을 바라보던 사람들의 눈가가 어느새 촉촉하게 젖어 있었다. 그들은 공룡의 가슴이 돌처럼 굳지 않았다는 걸 느꼈다. 철과 바위보다 단단해 보이는 비늘 속에도 집으로 돌아가고 싶은 열망이 깃들어 있었다.

큰이빨은 발톱을 허공에 휙 하고 긁었다. 감상에 젖은 자신을 다잡기 위한 몸짓 같았다.

"자, 친구들이여, 우리 함께 가자. 탐식제국으로!"

큰이빨은 사람들의 표정을 살피고는 맹세라도 하려는지 한 손을 들었다.

"그대들은 그곳에 가도 가축이 되지 않을 거다. 위대한 전사이니 제국의 평범한 국민이 되어 인류 문명 박물관을 세우는 일을 맡게 될 거야."

지구 전사들은 총사령관을 쳐다봤다. 총사령관은 잠시 생각에 잠겼다가 이내 고개를 끄덕였다.

지구 전사들은 한 명씩 큰이빨의 비행선에 올라탔다. 공룡을 위해 준비한 계단이라 간격이 너무 넓은 탓에 전사들은 계단마다 턱걸이를 하며 비행선으로 올라야 했다. 마지막으로 총사령관이 비행선에 올라탈 준비를 했다. 그는 두 손으로 비행선 트랩의 가장 아래 발판 가장자리를 잡고 자신의 몸을 들어 올리려다가 마지막으로 발밑에 있는 지구의 흙을 바라봤다. 한참 동안 움직이지 않고 땅을 바라보던 그는 개미를 발견했다.

사각 상자에서 기어 나온 개미였다. 총사령관은 발판을 잡고 있던 두 손을 놓고 몸을 수그린 채 손바닥에 개미를 올려놓고 자세히 살펴봤다. 검은색의 작은 몸이 햇빛을 받아 반짝였다. 총사령관은 상자 옆으로 가 개미를 풀 옆에 살짝 놓아주었다. 흙에는 개미가 여러 마리 살고 있었다.

자리에서 일어난 총사령관은 옆에 있던 큰이빨에게 말했다.

"우리가 떠나면 이 풀과 개미가 지구에 남는 유일한 생명체가 될 겁니다."

큰이빨은 아무 말도 하지 않았다.

총사령관이 다시 말을 이었다.

"지구상에 있는 문명과 생물은 갈수록 작아지는군요. 공룡에서 사람, 사람에서 개미로 말입니다."

그는 다시 무릎을 꿇고 풀 사이를 다니는 작은 개미들에게 속삭였다.

"이제 너희 차례다."

지구 전사들도 하나둘 비행선에서 내려와 생명이 존재하는 지구에 다시 발을 붙였다. 그들도 개미를 바라봤다.

큰이빨은 고개를 저었다.

"풀은 살 수 있다. 해변이 있으니 비가 내리겠지. 하지만 개미는 살지 못해."

"공기가 희박해서입니까? 그렇다면 개미들은 큰 영향을 받지 않을 겁니다."

"아니다. 공기 때문이 아니야. 사람과 달리 이곳의 공기만으로도 개미는 충분히 살 수 있어. 문제는 먹을 게 없다는 거야."

"풀을 먹고 살면 되지 않습니까?"

"아무리 개미라도 그렇게 살지 못해. 공기가 희박해서 풀은 빨리 자라지 못한다. 개미가 풀을 다 먹어 버리고 나면 굶어 죽고 말거야. 탐식제국이 최후에 맞을 결말처럼 말이다."

"그렇다면 비행선에 있는 먹을 것을 남겨 주면 어떨까요?"

큰이빨은 고개를 저었다.

"비행선에는 생명체의 동면 시스템과 식수 외에는 아무것도 없다. 우리는 제국에 도착할 때까지 동면을 취해야 해. 자네들의 비행선에는 먹을 것이 있는가?"

총사령관도 고개를 저었다.

"생명을 유지할 수 있는 영양 주사제 몇 개만 있을 뿐입니다. 방법이 없습니다."

큰이빨은 비행선을 가리켰다.

"서둘러야 해. 탐식자의 가속은 매우 빨라. 여기서 지체했다 가는 따라잡지 못해."

잠시 침묵이 흘렀다.

"총사령관님, 저희는 여기에 남겠습니다."

한 젊은 대위가 말했다.

총사령관은 결연에 찬 표정을 지으며 고개를 끄덕였다.

"남겠다는 건가? 무엇하려고?"

깜짝 놀란 큰이빨이 물었다.

"그대들 비행선에 있는 동면 장치는 폐기할 때가 다 됐다. 게다가 먹을 것도 없지 않은가? 여기 남았다가는 죽고 만다."

"여기에 남아서 첫 발을 내딛겠습니다."

총사령관은 담담하게 말했다.

"무슨 말이오?"

"방금 말씀하신 새로운 문명의 첫발을 내딛겠습니다."

"그대들이…… 개미의 먹이가 되겠다는 것인가?"

지구 전사들은 고개를 끄덕였다.

큰이빨은 아무 말도 하지 않고 한참 동안 그들을 쳐다봤다. 그러고 나서 지팡이를 짚고 천천히 비행선에 몸을 실었다.

"잘 가십시오, 친구!"

총사령관은 큰이빨의 뒷모습을 바라보며 큰 소리로 말했다.

큰이빨은 긴 한숨을 쉬고는 말했다.

"나와 내 자손들 앞에는 끝도 없는 어두운 밤과 끝나지 않는 전쟁만 남았다. 망망대해와 같은 우주 그 어디에 우리가 살 집이 있을까⋯⋯."

눈물 때문인지 알 수 없었지만 공룡의 발아래가 축축해졌다.

공룡의 비행선은 굉음을 내며 이륙하더니 눈 깜짝할 새에 서쪽 하늘로 사라졌다. 그가 날아간 자리에 태양이 지고 있었다.

마지막 남은 지구 전사들은 생명이 살아 있는 흙을 둘러싸고 조용히 앉았다. 잠시 후, 총사령관을 시작으로 모두 마스크를 벗고 모래 위에 누웠다.

시간이 계속 흘러갔다. 서산에 태양이 지면서 저녁노을이 약탈당한 대지를 아름다운 붉은빛으로 물들였다. 이어서 성근 별들이 하나둘 하늘에 모습을 드러냈다. 총사령관은 황혼에 물들어 가던 하늘에 갑자기 나타난 짙은 남색을 발견했다.

희박한 공기 속에 감각을 잃을 무렵, 그는 무언가 관자놀이를 지나가는 느낌에 위안을 얻었다. 그의 이마를 기어오르는 개미였다. 그 순간 그는 아득히 먼 어릴 적 추억이 떠올랐다. 해변에 있는 나무에 그물 침대를 걸고 반짝반짝 빛나는 별들을 바라보고 있노라면 어느새 어머니가 다가와 이마에 손을 얹어 주었다.

밤이 오자 바다는 하늘을 가르는 은하를 비추었다. 지구 역사상 가장 평온하고 조용한 밤이었다.

이 고요함 속에 지구는 다시 태어나고 있었다.

시 구름

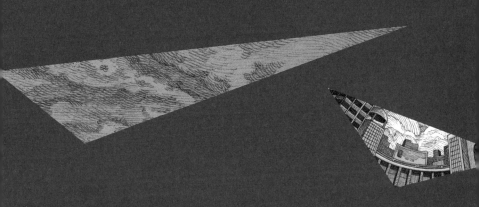

속이 텅 빈 지구

유람선을 탄 인의 일행 세 명은 남태평양에서 시를 읊으며 항해하고 있었다. 그들의 목적지는 남극. 며칠 후 별일 없이 순조롭게 도착하면 드디어 시운(時雲)을 볼 수 있다.

오늘은 하늘과 바다가 모두 맑고 푸르러서인지 시를 짓기에 세상은 너무 투명해 보였다. 고개를 들고 보니 평소에는 보기 힘든 북아메리카 대륙이 하늘에 선명하게 모습을 드러내고 있었다. 대륙은 세계를 덮은 거대한 지붕에서 떨어져나간 껍질 같았다.

지금 인류는 지구 내부에 살고 있다. 더 정확하게 말하자면 인류는 풍선 속에서 살고 있다. 속이 비어 버린 지구에 남은 거라고는 100킬로미터 정도 되는 두께의 껍데기뿐이지만 대륙과 바다는 여전히 예전 모습 그대로 남아 있었다. 모두 지각 안으

로 삶의 터전을 옮겼을 뿐이다. 대기층도 여전히 존재하지만 그 역시도 지표면 안으로 자리를 옮겼기 때문에 지구는 내벽에 바다와 대륙이 붙어 있는 하나의 풍선으로 변했다.

속이 비어 버린 지구는 여전히 자전하고 있지만 예전과 비교하면 자전이 지닌 의미는 크게 달라졌다. 자전으로 중력이 생기기는 하지만 얼마 안 되는 얇은 지표면이 만들어 내는 인력은 미약했다.

현재 지구의 중력은 자전의 원심력을 통해 만들어지고 있었다. 하지만 이렇게 생긴 중력은 세계의 각 지역마다 고르지 않았다. 적도 부근이 기존 지구 중력의 1.5배로 가장 강하고 위도가 올라갈수록 중력은 줄어들다가 양 극지방에 가면 0이 됐다. 현재 시를 읊으며 떠돌고 있는 이곳은 마침 예전 지구의 표준 중력이 작용했지만 속이 찬 옛 지구의 느낌은 찾을 수 없었다.

속이 빈 지구의 중심에 떠 있는 작은 태양 하나가 정오의 햇살로 세상을 환히 비추고 있었다. 이 태양의 광도는 24시간 내내 쉬지 않고 변했다. 가장 밝을 때부터 소멸할 때까지 속이 빈 지구에는 낮과 밤이 교체했다.

사실 유람선을 탄 셋 가운데 둘은 인간이 아니었다. 그들 중 하나는 큰이빨이라고 불리는 공룡으로 키가 10미터나 돼서 몸을 한 번 움직이면 유람선이 흔들릴 정도였다. 뱃머리에서 시를 읊고 있는 사람은 큰이빨의 움직임이 여간 신경 쓰이는 게 아니었다. 또 다른 하나는 음유시인이자 뼈만 앙상하게 남은 노인으로 눈처럼 하얀 장발과 수염이 바람에 나부끼고 있었다. 중국 당나라 고전 의상인 당의를 입은 그의 고아한 모습이 무척이나 인상 깊었다. 그는 바다와 하늘 사이에서 붓 가는 대로 시를 쓰고 있는 듯 보였다.

그가 바로 새로운 세상의 창조자, 위대한 이백(李白)*이었다.

---

* 중국의 대표 시인으로 당나라 때인 8세기에 활동했다. 신선이 되고자 염원하는 철학 사상인 도교에 심취했던 그는 산속에서 지낸 적이 많았다. 그가 쓴 시는 대부분 도교적 발상에 바탕을 두며, 그는 산을 시의 무대로 삼았다. 이 소설의 등장인물 이백은 시인 이백의 이름에서 빌려 왔다.

신에게 바치는 선물

그 일은 10년 전에 시작됐다. 당시 탐식제국은 두 세기에 걸친 태양계 약탈을 방금 마친 상태였다. 공룡은 직경 5만 킬로미터에 달하는 탐식자를 운행하면서 태양을 떠나 백조자리 방향으로 항해하고 있었다. 탐식제국은 지구에서 약탈한 20억 명의 인간을 가축으로 데리고 가 버렸다. 하지만 토성 궤도에 가까이 갈 즈음, 탐식자가 갑자기 속도를 줄이더니 마지막에는 지나온 길을 되돌아 다시 태양계 내층 공간으로 향했다.

탐식제국이 귀환을 시작한 지 얼마 되지 않았을 무렵, 탐식제국이 보낸 사자인 큰이빨은 낡은 보일러처럼 생긴 비행선을 타고 탐식제국을 떠났다. 그의 옷 주머니에는 인의라는 인간이 있었다.

"너는 선물이다!"

큰이빨은 인의에게 이렇게 말하고는 창밖 검은 우주를 바라봤다. 큰이빨의 우렁찬 목소리에 주머니 안에 있던 인의는 온몸이 얼얼했다.

"저를 누구에게 선물로 줄 건가요?"

인의는 고개를 들고 큰 소리로 외쳤다. 아래서 보는 큰이빨의 하관은 험악한 절벽에 뚝 튀어나온 암석 같았다.

"신에게 바칠 거다! 신께서 태양계에 오셨다. 그게 탐식제국이 다시 태양계로 돌아온 이유이기도 해."

"진짜 신인가요?"

"신에게는 상상할 수 없는 엄청난 기술이 있어. 에너지를 물질로 바꿀 수 있는데다 은하계 한쪽 끝에서 다른 끝으로 순간이동 할 수 있으니 신이 아니면 무엇이겠느냐? 우리는 신이 지닌 슈퍼 기술의 백분의 일도 못 따라가. 탐식제국의 앞날은 아주 밝다. 우리는 위대한 사명을 이뤄 나가고 있으니 너도 신의 환심을 얻어야 한다!"

"왜 저를 선택했나요? 제 육질은 최상급도 아니잖아요."

인의가 물었다.

서른 살이 갓 넘은 그는 탐식제국에서 정성 들여 키운 고운 피부의 인간들과 비교하면 풍파를 겪어 온 것 같은 느낌을 주었다.

"신은 벌레를 먹지 않아. 수집만 하지. 사육사가 너를 특별하다고 했다. 너는 많은 학생을 가르치지?"

"저는 시인이에요. 사육장의 인간들에게 고전문학을 가르치고 있어요."

인의는 탐식제국의 언어, 즉 탐식어로는 낯선 단어인 '시'와 '문학'을 언급했다.

"전부 쓸데없고 따분한 학문이군. 사육사가 왜 암묵적으로 네가 가르치는 걸 허락하고 있느냐면 말이지, 네가 가르치는 내용 중에 벌레들의 육질을 좋게 해 주는 '교양'이라는 성분이 있기 때문이다. 가만 보니 너는 혼자 고상하고 잘난 줄 알더라. 가축으로 키워지는 인간치고 흥미로운 데가 많아."

인의는 옷 주머니 속에서 벌떡 일어섰다. 큰이빨에게는 보이지 않았지만 인의는 자부심 가득한 표정을 지으며 고개를 높이 들었다.

"시인은 원래 그래요!"

"네 선배들은 우주순찰대에 참가한 적이 있지?"

인의는 고개를 옆으로 저었다.

"그 시대에 선배들도 시인이었어요."

"가장 쓸모없는 벌레들 같으니. 당시 지구에서도 보기 드문 벌레들이었어."

"그분들은 자기 내면의 세계에서 살았어요. 외부 세상의 변화에 신경 쓰지 않았죠."

"싹수없는 녀석들……. 음, 거의 도착했다."

주머니에서 고개를 쏙 내민 인의는 넓은 창을 통해 바깥을 바라봤다. 비행선 앞에 하얀빛을 내는 무언가가 있었다. 우주에 떠 있는 정사각형의 평면과 구형의 물체였다. 비행선이 평면과 평행을 맞추자 정사각형 평면은 별이 총총 뜬 하늘을 뒤로 하고 잠시 사라졌다.

평면은 두께가 거의 없는 게 분명했다. 완벽한 구형은 평면 바로 위를 떠다니고 있었다. 이 둘에서는 부드러운 하얀빛이 나오고 있었지만 표면은 별다른 특징이 없어 보였다. 컴퓨터로 만든 이미지를 닮은 평면과 구형은 혼돈의 우주에서 간결함과 추상의 두 개념을 압축적으로 보여 주고 있었다.

"신은요?"

인의가 물었다.

"바로 저기 보이는 두 기하 도형이다. 신은 간결함을 좋아하시지."

거리기 가까워질 때쯤에야 인의는 평면의 크기가 축구장만 하다는 사실을 알았다. 평면을 향해 날아온 비행선은 엔진에 불기둥을 내뿜으면서 착륙했지만 마치 환영처럼 평면 위에는 아무 자국도 생기지 않았다. 그러나 비행선이 평면에 닿을 때 진동과 중력이 느껴지는 것으로 보아 평면은 확실히 존재하는 것이었다.

이곳이 낯설지 않은 큰이빨은 망설임 없이 선실 문을 열고 나왔다. 인의는 큰이빨이 이어서 공기실의 두 문을 여는 모습을 보고 순간 심장이 콩알만큼 줄어들었지만 선실 내 공기가 터져 나가는 일은 없었다.

큰이빨이 문밖으로 나오자 신선한 공기 내음이 인의의 코를 자극했다. 인의는 주머니에서 고개를 내밀고 살랑살랑 부는 시원한 바람을 느꼈다. 이것이 바로 인간과 공룡은 절대 이해하지 못하는 슈퍼 기술이었다. 인의는 상냥하면서도 무심한 듯 자신을 뽐내는 이 슈퍼 기술에 큰 충격을 받았다. 인류가 탐식자를 처음 봤을 때와 비교해 보면 이 충격은 영혼의 깊숙한 곳을 자극했다. 찬란한 은하를 뒤로 한 구형이 그들 머리 위에 떴다.

"사자여, 이번에는 어떤 선물을 가져왔는가?"

신이 탐식어로 물었다. 무한히 먼 우주의 심연에서 들려오는 목소리 같았다. 인의는 처음 들어보는 목소리가 내뱉는 탐식어가 듣기 좋았다.

큰이빨은 주머니에서 인의를 꺼내 평면 위에 올려놓았다. 그 순간 인의의 발밑으로 평면의 탄성이 전해졌다.

"존경하는 신이시여, 신께서는 별의별 생물을 수집하는 취미가 있다고 들었습니다. 하여 여기 지구 인간이라는 재미있는 물건을 가져왔습니다."

"나는 완벽한 생물만 좋아한다. 이렇게 더러운 벌레를 무엇하러 가져왔는가?"

구형과 평면에서 나오는 하얀빛이 두 번 깜빡거렸다. 마음에 들지 않는다는 표현처럼 보였다.

"이 벌레를 아십니까?"

큰이빨은 의아해하며 물었다.

"나선팔의 몇몇 항해자가 하는 말을 들은 적이 있지만 많이 알지는 못한다. 이 벌레들의 역사는 그리 길지 않지만 항해자들은 지구에 자주 갔었지. 그들 말에 따르면 이 벌레들은 사상이 비루하고 행동은 저열하며 역사는 혼란하고 더러워서 구역질이 난다고 하더군. 지구가 멸망하기 전 저 벌레들과 연락하고 싶어 하던 항해자는 단 한 명도 없었다. 당장 갖다 버려라!"

큰이빨은 인의를 들어 올린 후 어디다 버려야 할지 몰라 주변을 두리번거렸다.

"네 뒤에 쓰레기 소각장이 있다."

신이 말했다.

뒤를 돌아보니 평면에 작고 둥근 입구가 나타났다. 소각장 안에서 파란빛이 희미하게 번쩍거렸다.

"그렇게 말하지 마세요! 인류는 위대한 문명을 이룩했다고요!"

인의는 탐식어로 온 힘을 다해 외쳤다.

구형과 평면의 하얀빛이 또다시 두 번 깜빡거렸다. 신은 냉소적으로 말했다.

"문명? 사자여, 이 벌레에게 무엇이 문명인지 알려 주어라."

큰이빨은 인의를 자기 눈앞까지 들어 올렸다. 인의는 큰이빨의 큰 눈동자가 돌아가는 소리를 들었다.

"벌레야, 여기 우주에서 문명의 기준은 차원이야. 최소한 6차원 이상의 공간에 있는 종족만이 문명이라는 대가족에 들어갈 수 있다. 우리가 존경하는 신께서는 11차원 공간 정도는 충분히 오가실 수 있지. 탐식제국은 그저 4차원 공간에 머무는 정도라 은하계에서 아직 개화되지 못한 원시 집단일 뿐이다. 그러니 신이 보시기에 너희들은 잡초와 이끼 정도에 불과해."

"어서 버려라. 더러워 죽겠다!"

신은 더 이상 못 참겠다는 듯 재촉했다.

큰이빨은 인의를 들고 쓰레기 소각장 입구로 걸어갔다. 그 순간 발버둥 치던 인의의 옷 속에서 하얀 종이가 쏟아져 나왔다. 이를 본 구형이 가느다란 광선을 쏘았다. 이어서 공중에 휘날리던 종이들이 땅에 떨어지자 광선이 재빨리 종이 위를 스캔했다.

"잠깐, 이것은 무엇이냐?"

큰이빨은 인의를 소각장 위까지 들고 가다 고개를 돌려 구형을 쳐다봤다.

"그것은…… 제가 가르치는 학생이 제출한 숙제입니다!"

인의는 큰이빨의 손바닥 위에서 있는 힘껏 소리쳤다.

"이런 사각형 부호는 흥미롭단 말이지. 이 부호들로 이뤄진 행렬도 재미있고 말이야."

신이 말했다.

구형에서 나오는 광선들이 빠른 속도로 평면 위에 떨어진 종이 몇 장에 빛을 쏘았다.

"이것은 한자라고 합니다. 구체적으로 말하면 한자로 지은 시들이에요!"

"시?"

신은 신기했는지 인의에게 묻고는 광선을 거두었다.

"사자는 이 벌레들의 문자를 알고 있겠지?"

"물론입니다. 존경하는 신이여, 탐식자가 지구를 먹기 전까지 저는 그들의 세계에서 꽤 오랫동안 살았습니다."

큰이빨은 인의를 소각장 옆에 올려놓은 후 허리를 굽혀 종이한 장을 주웠다. 그는 더듬더듬 글자를 읽어 나갔다.

"대강의 의미는……."

"됐어요. 잘못 해석할 게 분명해요!"

인의는 해석하려는 큰이빨을 가로막았다.

"왜 그렇게 생각하지?"

신은 호기심 가득 찬 목소리로 인의에게 물었다.

"그 시는 고대 한자로만 표현할 수 있는 예술이기 때문이에요. 인간의 다른 언어로 번역하면 그 안에 담긴 뜻과 매력은 사라지고 전혀 다른 것이 돼요."

"사자여, 네 컴퓨터에 이 언어에 대한 자료가 있는가? 지구 역사와 관련된 모든 지식이 있는가? 좋다. 가져와 보라. 지난번에 만났을 때 만들었던 그 신호 채널을 사용하라."

큰이빨은 급히 비행선으로 돌아가 컴퓨터 안에 저장해 놓은 파일들을 뒤지면서 중얼거렸다.

"고대 한자는 없습니다. 탐식제국의 네트워크에서 가져오려면 시간이 조금 걸립니다."

인의는 빼꼼히 열린 문틈 사이를 통해 컴퓨터 모니터 불빛에 따라 색이 변하는 큰이빨의 큰 눈알을 봤다. 큰이빨이 비행선에서 나올 때쯤 신은 이미 종이에 적힌 중국 고시를 읽고 있었다.

"밝은 해는 산을 따라 지고 황하는 바다로 흐르네. 천 리를 바라보려면 더 높은 누각에 올라야 하리."

"정말 빨리 배우시는군요!"

인의는 감탄했다.

신은 인의의 말을 무시하고 침묵을 지키고 있었다.

큰이빨이 시를 해석했다.

"이 시의 뜻은 이러합니다. 항성은 행성의 산 뒤로 지고 황하의 강물은 바다로 향한다. 아, 여기서 강과 바다는 모두 산소 원자와 수소 원자로 만들어진 화합물로 구성돼 있습니다. 그다음 구절은, 더 먼 곳을 보고 싶으면 더 높은 건축물에 올라야 한다는 의미입니다."

신은 여전히 침묵하고 있었다.

"존경하는 신이시여, 신께서는 얼마 전 탐식제국에 도착하셨습니다. 그곳의 경치와 이 시를 쓴 벌레의 세계는 매우 비슷합니다. 산이 있고 강이 있고 바다도 있습니다. 그래서……."

"이 시가 지닌 의미를 잘 알고 있다."

신이 말했다.

그 순간 구형이 갑자기 큰이빨 머리 위로 이동했다. 큰이빨을 뚫어져라 쳐다보는 눈동자 없는 눈과 같았다.

"사자여, 그대는 아무것도 느끼지 못하는가?"

큰이빨은 어쩔 줄 몰라 하며 고개를 저었다.

"이 간결한 부호 속에 담긴 깊은 뜻이 무엇인지 아느냐고 물은 거다."

큰 눈만 끔뻑이고 있는 큰이빨을 무시하고 신은 다시 옛 시를 읊었다.

"앞으로는 옛사람을 보지 못하고 뒤로는 오는 사람을 보지 못하네. 천지의 아득함을 생각하다 홀로 슬퍼하며 눈물 흘리네."

큰이빨은 신의 말이 떨어지기 무섭게 얼른 말을 이었다.

"이 시의 뜻을 말해 보겠습니다. 앞을 보면 먼 옛날 이 행성에서 살던 벌레들을 보지 못하고, 뒤를 보면 미래에 이 행성에서 살게 될 벌레들을 보지 못한다. 이렇듯 시간과 공간이 너무 넓고 크니 눈물이 흐른다는 의미입니다."

신은 아무 말도 하지 않았다.

큰이빨이 이어서 설명했다.

"하하, 울음은 지구 벌레가 슬픔을 표현하는 방식입니다. 이것은 그들의 시각기관에서……."

"사자여, 그대는 여전히 아무것도 느끼지 못하는 건가?"

신은 큰이빨의 말을 끊고 물었다. 구형이 큰이빨의 코에 닿을 듯 말 듯 한 거리까지 내려왔다.

큰이빨은 고개를 저었다.

"존경하는 신이시여, 단순한 시일 뿐입니다. 그 외에 아무것도 아닙니다."

신은 이어서 이백의 〈하강릉(下江陵)〉〈정야사(静夜思)〉〈황학루송맹호연지광릉(黃鶴樓送孟浩然之廣陵)〉, 유종원의 〈강설(江雪)〉, 최호의 〈황학루(黃鶴楼)〉, 맹호연의 〈춘효(春曉)〉 등 짧은 옛 시 몇 수를 더 읊었다.

큰이빨이 말했다.

"탐식제국에는 수만 행으로 이뤄진 서사시가 많습니다. 존경하는 신이시여, 제가 이 시들을 모두 바치겠나이다! 인류 벌레의 시들은 짧고 보잘것없습니다. 그들의 기술만큼……."

구형이 갑자기 큰이빨의 머리 위로 날아와 공중에서 이리저리 곡선을 그렸다.

"사자여, 나는 너희의 가장 큰 바람이 무엇인지 알고 있다. 내가 대답해 주길 바라겠지. 탐식제국은 8,000만 년의 역사를 이어 오고 있다. 그런데 어째서 기술은 원시시대를 맴돌고 있는가? 이제야 그 답을 찾은 것 같군."

큰이빨은 간절한 눈빛으로 구형을 보라보며 말했다.

"존경하는 신이시여, 신께서 주시는 답이 매우 중요합니다! 제발……."

갑자기 인의가 한 손을 들고 외쳤다.

"존경하는 신이시여. 저에게도 한 가지 질문이 있습니다. 여쭤 봐도 될까요?"

큰이빨은 당장이라도 잡아먹을 것처럼 화난 표정으로 인의를 노려봤다.

신이 말했다.

"나는 여전히 지구의 벌레를 혐오한다. 하지만 이 시들을 봐서 네게 기회를 주겠다."

"우주에도 예술이 있습니까?"

공중에 있던 구형이 살짝 흔들렸다. 마치 고개를 끄덕이는 것처럼 보였다.

"그렇다. 나는 우주 예술을 수집해서 연구하고 있다. 성운을 지나면서 수많은 문명의 예술들을 접해 봤는데 대개는 복잡하고 난해한 체계였다. 그런데 이 시들은 전혀 다르군. 길게 늘어뜨리지 않은 절제된 글인데도 풍부한 감성과 깊은 의미를 담고 있고, 엄격하게 정해진 시율과 음운이 있는데도 자유롭다. 이런 건 처음 보는구나……. 사자여, 이제 저 벌레를 버려도 된다."

큰이빨은 인의를 잡아들었다.

"깜빡했습니다. 이 녀석을 버려야지요. 존경하는 신이시여, 탐식제국 네트워크 센터에 인류에 관한 자료가 상당히 많습니다. 신의 기억 속에 이미 모든 자료가 저장돼 있습니다. 그러나 이 벌레는 짧은 시 몇 수만 기억할 줄 압니다."

큰이빨은 이 말을 하고는 인의를 소각장으로 가져갔다.

"이 종이들도 버려라."

106

신이 명령했다.

큰이빨은 얼른 제자리로 돌아가 종이들을 주웠다. 이때 인의가 큰 소리로 외쳤다.

"신이시여, 인류가 쓴 옛 시는 기념으로 남겨 주십시오! 그 어떤 것도 뛰어넘을 수 없는 예술을 우주에 전파해 주십시오!"

"잠깐 기다려라."

신이 큰이빨을 막았다.

소각장 바로 위까지 온 인의는 파란 화염에서 뿜어져 나오는 뜨거운 기운을 느꼈다. 잠시 후, 구형이 인의 이마 근처까지 다가왔다. 구형은 눈동자가 없는 큰 눈으로 조금 전 큰이빨을 쳐다본 것처럼 인의를 쳐다봤다.

신이 물었다.

"그 어떤 것도 뛰어넘을 수 없는 예술이라고 하였느냐?"

큰이빨이 크게 웃고 말했다.

"하하하…… 볼품없는 벌레가 위대하신 신 앞에서 이런 말을 하다니, 참으로 가소롭습니다! 인간이 무엇을 더 남길 수 있겠습니까? 지구는 이미 모든 것을 잃었습니다. 저들은 머릿속에 있던 과학 지식마저 거의 다 잊었습니다.

며칠 전, 저녁 식사 자리에서 인간 하나를 입에 넣기 전에 그 녀석에게 우주순찰대가 전쟁에 사용한 원자탄은 무엇으로 만든 것이냐고 물었더니 그 녀석 하는 말이 원자로 만들었다고 합니다!"

"하하하하……."

신도 큰이빨과 함께 크게 웃었다. 그 순간 구형이 타원형으로 변하더니 몸체를 흔들었다.

신이 말했다.

"이보다 더 정확한 답은 없구나. 하하하……."

큰이빨이 말했다.

"존경하는 신이시여, 이 더러운 벌레는 그저 시 몇 수 정도만 남겼습니다. 하하하……."

인의는 큰이빨의 손바닥 위에 곧게 서서 당당하게 말했다.

"하지만 시만큼 훌륭한 예술은 없습니다!"

구형은 움직임을 멈추고 속삭이듯 말했다.

"기술은 모든 것을 뛰어넘을 수 있단다."

"이것은 기술과 관련이 없습니다. 인간 영혼의 결정체입니다. 그 무엇도 뛰어넘을 수 없습니다!"

"그건 네가 기술에 어떤 힘이 있는지 모르기 때문이야. 이봐, 보잘것없는 작은 벌레야, 너는 아무것도 모른단다."

신의 말투는 아버지처럼 온화했지만 깊은 곳에 숨겨둔 차가운 살기가 전해졌다. 순간 인의는 몸이 오싹했다.

신이 말했다.

"태양을 보아라."

인의는 신이 시키는 대로 태양을 바라봤다. 이곳은 지구와 화성 궤도 사이 우주 공간, 그는 태양의 밝은 빛에 두 눈을 가늘게 떴다.

"어떤 색을 가장 좋아하느냐?"

신이 물었다.

"녹색을 가장 좋아합니다."

인의의 말이 떨어지기 무섭게 태양이 녹색으로 바뀌었다. 선명한 녹색 빛을 뿜는 태양이 마치 우주 심연에 떠 있는 고양이 눈처럼 보였다. 달라진 태양의 빛에 우주도 괴상하게 변해 버렸다.

그 순간 큰이빨은 손을 부르르 떨었다. 그 진동으로 인의는 평면에 떨어졌다. 잠시 후 정신을 차린 큰이빨과 인의는 태양이 녹색으로 변했다는 것보다 더 깜짝 놀랄 사실을 깨달았다. 그들이 서 있는 곳에서 태양까지는 빛의 속도로 가도 10여 분이나 걸렸다. 그런데 방금 눈 깜빡할 새에 태양이 녹색으로 변하다니!

30초 후 태양은 원래 모습으로 돌아와 예전처럼 하얀빛을 비추었다.

"봤느냐? 이것이 바로 기술이다. 이런 기술이 있었기에 우리 종족은 바다 밑 진흙 속 달팽이에서 시작해 신이 될 수 있었다. 더 정확하게 말하면 기술이 바로 진정한 신이라는 말이다. 우리는 기술을 숭배한다."

인의는 가는 실눈을 뜨고 말했다.

"하지만 신도 예술을 넘어서지는 못합니다. 우리에게도 신이 있어요. 상상 속의 신, 우리는 이 신을 숭배합니다. 하지만 이 상상 속의 신도 이백이나 두보가 쓴 시를 쓰지 못할 것입니다."

신은 코웃음을 치며 말했다.

"고집이 보통은 아닌 벌레로군. 네가 더 싫어지는구나. 그건 그렇고 심심풀이로 너희네 예술 놀이나 해 볼까."

인의도 코웃음을 쳤다.

"불가능합니다. 신께서는 인간이 아니니까요. 그러니 인간의 감성과 영혼을 느낄 수 없습니다. 인간의 예술은 신에게 있어 철판 위의 꽃잎과 같습니다. 기술로는 이 한계를 뛰어넘을 수 없습니다."

"기술이라면 무엇이든지 뛰어넘을 수 있다. 식은 죽 먹기처럼 말이야. 나에게 네 유전자를 다오!"

무슨 말인지 몰라 당황한 인의를 보고 큰이빨이 말했다.

"신에게 머리카락 한 가닥을 바쳐라!"

인의가 머리카락을 한 가닥 뽑자 보이지 않는 힘에 끌려 뽑힌 머리카락이 구형에게 날아갔다. 잠시 후 그 머리카락이 다시 평면으로 떨어졌다. 신은 머리카락의 뿌리만 추출해 갔다.

곧이어 구형에게서 하얀빛이 용솟음치더니 점점 투명하게 변했고 구 안에 맑은 액체가 채워지면서 여기저기 거품이 일었다. 인의는 액체 속에서 달걀노른자 크기 정도의 작은 공을 발견했다. 햇빛을 받은 공은 마치 빛을 발산하듯 옅은 빨간색을 띠고 있었다. 이어서 작았던 공은 눈 깜짝할 새에 커졌다.

가만 보니 공처럼 보이던 것은 웅크린 태아였다. 태아는 두 눈을 꼭 감고 있었고 커다란 머리에는 붉은 혈관이 복잡하게 뒤엉켜 있었다. 계속 자라나던 태아는 몸을 펴더니 청개구리처럼 알 속에서 헤엄쳤다. 잠시 후 액체가 점점 탁해지더니 알 속의 빛에 희미한 그림자가 비쳤다. 그 그림자는 빠르게 자라나서 성인이 헤엄치는 그림자로 변했다. 불투명하게 빛나는 원이 돼 버린 알 속에서 나체 상태의 한 사람이 평면으로 뛰어나왔다.

인의의 클론*은 비틀비틀하면서 자리에 섰다. 축축하게 젖은 그의 몸에 빛이 비치면서 반짝반짝 빛났다. 이어서 클론은 머리카락과 수염이 점점 자라더니 서른 살쯤 되는 남자로 변했다.

---

* 유전적으로 동일한 세포군을 뜻하는 말로 복제, 복제품을 뜻하기도 한다.

빼빼 마른 몸을 제외하고 그 어디도 인의와 닮은 데가 없었다. 우주가 낯설게 느껴지는지 클론은 꼿꼿하게 서서 멍하니 먼 곳을 응시했다. 그의 머리 위에 있던 구형의 하얀빛이 점점 어두워지더니 빛이 모두 사라졌고 이어서 구형도 증발하듯 모습을 감췄다.

잠시 후 인의는 어둠 속에서 반짝하고 빛나는 무언가를 발견했다. 그것은 바로 클론의 눈이었다. 조금 전까지 멍하던 그의 눈에 어느새 지혜의 빛이 가득했다. 신의 기억이 모두 클론에게 옮겨 가고 있었다.

"춥다. 이것이 추운 거로구나!"

살짝 바람이 불자 클론은 두 손으로 떨리는 어깨를 감싸 안았다. 온몸을 바들바들 떨고 있었지만 그의 목소리에는 기쁨이 가득했다.

"이것이 바로 추위였어. 고통이로구나. 섬세하고 아름다운 고통. 우주에서 내가 힘겹게 찾던 그 느낌이야. 시공을 가르는 10차원의 줄처럼 날카로우면서도 순수한 다이아몬드처럼 영롱하다. 아……."

클론은 야윈 두 팔을 펴고 은하를 바라봤다.

"앞으로는 옛사람을 보지 못하고, 뒤로는 오는 사람을 보지 못하네. 우주의 아득함을 생각하니……."

한 차례 몰려온 추위에 이를 덜덜 떨던 클론은 시를 읊다 말고 얼른 소각장으로 뛰어갔다.

클론은 소각장에서 나오는 파란 불꽃 가까이에 손을 갖다 대고 인의에게 말했다.

"이건 아주 간단한 조작에 불과하다. 한 문명의 예술을 연구하고 수집할 때마다 나는 내 기억을 문명의 한 개체에 기생하게 하지. 그래야 그들의 예술을 완벽하게 이해할 수 있으니까."

갑자기 밝아진 소각장의 불꽃이 여러 색을 띠면서 평면 위를 비추는 순간, 인의는 불투명한 유리에 떠 있는 것 같은 느낌을 받았다.

큰이빨이 작은 목소리로 인의에게 말했다.

"소각장이 제조장으로 바뀌었어. 신께서 에너지 물질 전환을 하려는 거다."

큰이빨은 인의가 무슨 말인지 이해하지 못하는 것처럼 보여 덧붙여 설명해 주었다.

"바보 같으니라고. 에너지로 물질을 만들고 계시다는 말이다. 신의 능력이지!"

그때 갑자기 제조장에서 나온 하얀색의 무언가가 공중에서 펼쳐지더니 땅으로 툭 하고 떨어졌다. 자세히 보니 옷이었다. 클론은 옷을 받아들고 주섬주섬 입기 시작했다. 인의는 그가 입은 옷이 중국 당나라 전통 복장인 당의라는 걸 단번에 알아봤다. 눈처럼 하얀 실크에 검정색 단이 들어간 당의를 입고 있는 클론을 보니 조금 전 초라한 모습은 온데간데없고 신선이 한 명서 있었다. 인의는 파란 불꽃 속에서 어떻게 옷이 만들어졌는지 도무지 이해할 수가 없었다.

옷에 이어 돌처럼 생긴 것이 제조장에서 튀어나와 평면 위에 떨어졌다. 인의는 얼른 달려가 주워 들고 살펴봤다. 의심할 여지 없이 차가운 벼루였다. 이어서 또 다른 것이 툭하고 떨어졌다. 검고 긴 물건이었다. 인의가 예상한 대로 먹이었다. 먹에 이어 붓과 붓꽂이, 새하얀 화선지(불꽃에서 종이가 만들어지다니!)가 나왔고 다시 이어서 서예와 관련된 고풍스러운 도구들이 나왔다. 마지막으로 이제까지 나온 것 중에 가장 큰 물건이 나왔는데 오래된 탁자였다. 인의와 큰이빨은 탁자를 바로 세우고 앞서 나왔던 것들을 하나하나 올려놓았다.

"이런 물건들을 만들어 낼 수 있는 힘이라면 행성 하나쯤은 가루로 만들 수 있겠어."

큰이빨이 인의의 귀에 대고 속삭였다. 그의 목소리에서 작은 떨림이 느껴졌다.

클론은 탁자로 다가가 물건들을 보고 놓인 위치가 마음에 들었는지 고개를 끄덕였다. 이어서 그는 수염을 한 번 쓰다듬고 말했다.

"나는 이백이다."

인의는 클론을 쳐다보고 물었다.

"이백이 되고 싶으신 겁니까? 아니면 이백이 되셨다는 말씀 이십니까?"

"내가 바로 이백이다. 이백을 뛰어넘은 이백이란 말이다!"

인의는 피식 웃고 고개를 저었다.

"아직도 의심하는가?"

인의는 고개를 끄덕였다.

"그렇습니다. 신의 기술은 제가 상상한 것 이상으로 대단합 니다. 인간이 상상할 수 있는 기적이나 마법과는 다릅니다. 시 와 같은 예술에 관해서도 감탄을 자아내도록 하셨습니다. 문화 와 시공의 거대한 차이를 뛰어넘어 중국 옛 시가 품고 있는 의 미와 느낌까지 이해하고 계시니까요. 하지만 이백을 이해하는 것은 별개입니다. 이백을 뛰어넘는 것 역시 별개이고요. 제가 보기에 신께서는 뛰어넘을 수 없는 경지의 예술을 상대하려 하 십니다."

클론 이백의 얼굴에 의미심장한 웃음이 번졌다. 그는 눈 깜짝 할 사이에 탁자로 휙 가더니 벼루를 가리키며 말했다.

"먹을 갈아라!"

그러고는 곧바로 평면의 가장가리로 가서 수염을 한 번 쓰다듬은 후 은하를 바라보며 깊은 사색에 잠겼다.

인의는 탁자 위에 있는 붉은빛을 띤 주전자를 들어 벼루에 물을 살짝 붓고 먹을 갈기 시작했다. 벼루 가장가리에 비스듬히 세운 먹을 갈자 맑은 물에 까만 먹물이 서서히 번져 나갔다. 그 순간 그는 망망대해 같은 우주에 있는 자신의 처지가 새삼 생각났다. 끝도 없이 얇디얇은 평면(에너지로 사물을 만들어 낼 때도 멀리서 보이는 평면에는 여전히 두께가 없었다)은 우주의 심연을 떠다니는 무대 같았다. 지금 무대 위에는 공룡, 공룡이 키우는 인간, 당의를 입고 이백을 뛰어넘으려는 예술의 신이 절정에 다다른 연극을 펼치고 있다. 이 생각을 하니 인의의 얼굴에 쓴웃음이 묻어났다.

인의는 먹물을 다 갈고 자리에서 일어나 큰이빨과 함께 이백을 기다렸다. 평면 위에 불던 살랑바람이 멈추고 태양과 은하수만이 조용히 빛을 내고 있는 것이 마치 온 우주도 기대하고 있는 것 같았다.

이백은 평면 가장자리에 가만히 서 있었다. 평면 위의 공기층에 난반사가 일어나지 않아 그의 실루엣이 선명하게 눈에 들어왔다. 수염을 만지는 손만 아니면 누가 봐도 굳어 있는 돌조각상이었다. 인의와 큰이빨은 기다리고 또 기다렸다. 시간이 얼마나 지났는지 먹물을 듬뿍 머금고 있던 붓이 조금씩 말라 갔다. 시나브로 태양의 위치도 많이 변해 셋의 그림자가 평면 위를 길게 차지했다. 탁자 위에 가지런히 펼쳐놓은 화선지는 평면의 일부가 된 듯했다.

이백이 천천히 탁자 앞으로 다가왔다. 인의는 말라 버린 붓에 다시 먹물을 묻힌 후 두 손으로 이백에게 건네주었다. 그러나 이백은 사양하는 손짓을 하더니 탁자 위에 놓인 하얀 화선지를 바라보며 다시 긴 생각에 잠겼다. 그의 눈빛에서 무언가가 느껴졌다.

인의는 이백이 불안과 고민에 빠져 있다는 걸 눈치챘다.

"몇 가지 물건을 더 만들어야겠다. 깨지기 쉬우니 특별히 조심해서 받아오너라."

이백이 제조장을 손으로 가리키며 말했다. 그 순간 사그라지던 불꽃이 다시 밝아졌다. 인의와 큰이빨이 달려가 보니 파란 화염에서 동그란 물건이 나오고 있었다. 큰이빨은 얼른 손을 내밀어 받고는 무엇인지 확인했다. 큰 단지였다. 이어서 파란 불꽃에서 큰 그릇 세 개가 나왔다. 인의는 그중에 두 개는 무사히 받았는데 한 개는 놓치는 바람에 깨뜨렸다. 큰이빨이 단지를 탁자 위에 놓고 조심스럽게 뚜껑을 열자 안에서 진한 술 향기가 풍겼다. 큰이빨과 인의는 신기했는지 서로의 얼굴을 바라봤다.

"탐식제국에서 받은 지구에 대한 정보 중에 양조업에 관한 내용이 많더구나. 방법에 맞게 만들었을 게다."

이백은 술 단지를 가리키며 인의에게 맛을 보라고 했다.

인의는 술잔에 술을 조금 담아서 맛을 봤다. 뜨거운 기운이 목과 식도를 거쳐 위까지 흘러 내려가는 게 느껴졌다.

"술이 맞습니다. 인간의 육질을 좋게 하려고 만든 술보다 세군요."

"가득 따라라."

이백은 탁자 위에 있는 빈 술잔을 가리키며 말했다. 그는 큰이빨이 가득 따른 술잔을 들더니 벌컥벌컥 마셨다. 그러고는 다시 평면의 가장자리로 몸을 옮겼다. 그는 걸어가는 길에 한 번씩 비틀거렸다. 평면 가장자리에 온 신은 별들을 바라보며 또다시 사색에 잠겼다. 그런데 조금 전과 달리 그는 박자를 맞추기라도 하는 듯 몸을 좌우로 살짝 흔들어 댔다. 얼마 지나지 않아 그는 다시 탁자 앞으로 돌아왔다. 걸어오는 그의 몸은 여전히 비틀거렸다. 이백은 인의가 건네는 붓을 멀리 던져 버리고는 술잔을 향해 말했다.

"가득 부어라."

어느덧 한 시간이 흘렀다. 큰이빨은 두 손으로 곤드레만드레 취한 이백을 조심히 들어 깨끗하게 치운 탁자 위에 올려놓았다.

몸을 뒤척이다 탁자에서 떨어진 이백은 큰이빨과 인의가 알아듣지 못하는 이상한 언어로 중얼거렸다. 속이 불편했는지 그는 알록달록한 토를 한바탕 내뿜었다(도대체 언제 먹은 음식물인지 알 수가 없었다). 그 때문에 하얀 겉옷 여기저기에 얼룩이 생겼다. 평면에서 나오는 하얀빛에 그가 뱉은 토사물이 추상적인 모양을 그려 냈다.

이백의 입에는 시커먼 먹물이 잔뜩 묻어 있었다. 그는 술을 잔뜩 마신 후 종이에 무언가를 쓰려고 붓을 들었다 애꿎은 탁자만 찍어 댔다. 그러다 처음 서예를 배우는 아이처럼 입으로 붓을 길들이려다 그만 입 주위가 온통 까맣게 됐다.

"존경하는 신이시여?"

큰이빨이 몸을 굽히고 조심스레 물었다.

"와이카아, 카아이이와."

이백은 입을 크게 벌리고 말했다.

자리에서 일어난 큰이빨이 한숨을 후 내쉬고 인의에게 말했다.

"가자."

원자로 지은 시

인의가 있는 사육장은 탐식자의 적도에 위치해 있었다. 탐식자가 태양계 내부에 있을 때 그곳은 두 강을 사이에 둔 아름다운 초원이었다. 탐식자가 목성 궤도로 항해를 하자 혹독한 겨울이 찾아오면서 초원이 사라지고 강이 꽁꽁 얼어붙었다. 가축으로 길러지던 인간은 모두 지하에 있는 성으로 자리를 옮겼다. 탐식자가 신의 부름을 받고 태양에 근접하기 시작하면서 다시 대지에 봄이 찾아왔다. 얼었던 강이 순식간에 녹았으며 초원도 예전처럼 푸르게 변했다.

살기 좋은 기후로 변한 후, 인의는 강가에 단출한 오두막집을 짓고 농사를 지으면서 홀로 살고 있었다. 일반 인간이라면 절대 불가능한 일이었다. 그러나 인의가 사육장에서 가르치는 고전문학에는 인성을 키우는 효능이 있어서 학생들의 육질이 다른 사육장에 비해 특별히 좋았다. 이에 공룡 사육사는 인의를 간섭하지 않았다.

인의와 이백이 만난 지 두 달이 지난 어느 저녁, 해가 탐식제국의 곧게 뻗은 지평선 아래로 뉘엿뉘엿 지고 있었다. 저녁노을에 붉게 물든 두 강줄기가 하늘가에서 하나로 만났다. 저 멀리서는 초원에서 즐겁게 춤추며 노래 부르는 소리가 산들바람을 타고 강가 오두막집으로 희미하게 들려왔다.

인의는 홀로 바둑을 두다 고개를 들어 보니 저편에서 이백과 큰이빨이 강가를 따라 다가오고 있었다. 지금의 이백은 전과 비교해 많이 달라졌다. 헝클어진 머리칼, 길게 기른 수염, 검게 그을린 얼굴, 어깨에 멘 낡은 천 가방, 왼손에 들고 있는 조롱박, 해져서 너덜너덜해진 옷, 형체를 알 수 없을 정도로 해진 짚신. 인의는 지금의 이백이 더 인간처럼 느껴졌다.

몇 번 이곳에 온 사람처럼 이백은 익숙하게 바둑판 앞에 서서 인의를 보는 둥 마는 둥 하더니 조롱박을 바둑판 위에 툭 올려놓았다.

"그릇!"

인의가 나무 그릇을 두 개 가져오자 이백은 조롱박 마개를 열고 술을 가득 따른 후 천 가방에서 종이 꾸러미를 꺼냈다. 종이를 펼치자 그 안에는 맛있게 삶은 고기가 담겨 있었다. 코를 자극하는 향에 이기지 못한 인의는 젓가락을 들어 한 점 맛봤다.

큰이빨은 2, 3미터 떨어진 곳에서 조용히 그들을 바라보고 있었다. 전에 왔을 때와 마찬가지로 이백은 인의와 시를 논하려는 게 분명했다. 큰이빨은 두 사람의 이야깃거리에 관심이 없을 뿐만 아니라 같이 자리할 자격도 없었다.

"참으로 맛있습니다."

인의는 고기 맛을 칭찬하면서 고개를 끄덕였다.

"이 소고기도 에너지로 만든 건가요?"

"아니다. 나는 자연으로 돌아간 지 오래다. 네가 알지 모르겠다만 여기서 멀리 떨어진 목장에 지구에서 가져온 소 떼를 키우고 있다. 내가 직접 삶아서 만든 수육이야. 산시 핑야오(平遥)의 요리법으로 만들어 봤지. 이 고기는 말이지, 삶을 때 비법이 따로 있어."

이백은 인의의 귀에 가까이 대고 속삭였다.

"바로 오줌 덩어리야."

인의는 아리송한 표정으로 이백을 빤히 쳐다봤다.

"인간의 오줌이 증발하고 남는 하얀 것 말이야. 그 오줌 덩어리를 넣으면 먹음직스럽게 윤기가 좔좔 흐르고 육질도 부드러워지는 데다 살이 느끼하지 않고 퍽퍽하지도 않아."

"이 오줌 덩어리도…… 에너지로 만든 게 아닌가 보군요?"

인의는 겁먹은 표정을 하고 물었다.

"나는 이미 자연으로 돌아왔다고 몇 번을 말했느냐! 오줌 덩어리는 내가 직접 인간 사육장에서 고생해서 모은 거다. 민간에서 전해 내려오던 전통 요리법인데 지구가 멸망하기 전에 단절되고 말았지."

인의가 먹은 고기는 이미 식도를 지나 위에 도달했다. 토가 나오려는 걸 막으려고 인의는 얼른 술잔을 들었다.

이백이 조롱박을 가리키며 말했다.

"내가 명령을 내려 탐식제국에 양조장 몇 곳을 지었다. 지금 그곳에서 지구의 유명한 술을 생산하고 있어. 이 술은 양조장에서 제대로 빚은 죽엽청이라는 술이다. 중국 산시성의 유명한 술인 펀주에 대나무 잎을 띄워 만든 거야."

인의는 그제야 그릇에 있는 술이 전에 이백이 여러 번 가져왔던 술과 다르다는 사실을 알았다. 맑고 푸른빛을 띤 죽엽청을 한 모금 입에 대니 달달한 풀 향기가 났다.

이백에게 감동한 인의가 말했다.

"이제 보니 인류 문화를 손금 보듯 훤히 아시는군요."

"어디 그뿐인 줄 아느냐. 꽤 긴 시간을 들여 직접 체험도 해봤지. 너도 알다시피 탐식제국의 여러 지역과 이백이 살던 지구는 풍경이 비슷하단다. 두 달 동안 나는 여기에 있는 산과 강을 방랑하면서 아름다운 자연을 마음껏 구경하고 달을 벗 삼아 술을 마시며 산꼭대기에 올라가 시를 읊기도 했다……."

"그렇다면 이제 드디어 저에게 직접 지으신 시를 들려주실 수 있겠군요."

술잔을 내려놓고 자리에서 일어난 이백은 휘청거리면서 발걸음을 뗐다.

"짓다마다. 여러 수를 지었지. 아마 보면 깜짝 놀랄 거다. 곧 훌륭한 시인을 눈앞에서 보게 될 게야. 너와 네 조상보다도 뛰어난 시인을 말이야. 하지만 네게는 보여 주고 싶지 않다. 그래 봤자 너는 내가 이백을 뛰어넘지 못한다고 생각할 테니까. 나도……."

이백은 고개를 들어 해가 지면서 붉게 타오르는 노을을 바라봤다. 흐릿한 그의 눈빛에서 어딘가 슬픔이 느껴졌다.

"실은…… 나도 그렇게 생각한다."

멀리 떨어진 초원에서 벌어졌던 무도회는 끝이 났다. 한참 동안 즐거움에 빠져 있던 사람들은 풍성하게 차려진 저녁 식사를 시작했다. 소녀들은 강가로 뛰어가더니 물장난을 쳤다. 머리에 화환을 얹고 옅은 안개 같은 망사를 걸치고 있는 그녀들의 모습을 보니 마치 저녁 빛에 물들어 취한 사람들 같았다. 인의가 오

두막에서 가까운 곳에 있는 한 소녀를 손으로 가리키며 이백에게 물었다.

"저 소녀를 보세요. 아름답죠?"

"물론."

이백은 고개를 갸웃하고 인의의 물음에 답했다.

"한번 상상해 보세요. 그녀의 신체 기관, 뼈, 근육, 살을 해부학 원리에 따라 부위별로 분류해 놓은 후에도 아름답다고 느껴질까요?"

"술 마시는 자리서 왜 그런 말을 하느냐? 역겹구나."

이백은 눈살을 찌푸렸다.

"어째서 그러십니까? 이것이야말로 이백께서 숭배하는 기술 아닙니까?"

"무슨 말을 하고 싶은 게냐?"

"이백의 눈에 비친 대자연은 이백께서 지금 보고 계신 강가의 소녀였습니다. 그러나 같은 대자연이라도 기술의 눈으로 보면 흰 천에 피로 붉게 물든 신체 부위로만 보입니다. 그러니 기술은 시에서 말하는 것과 다릅니다."

"나에게 뭔가 제안을 하려는 거로구나?"

이백은 수염을 쓰다듬으면서 생각에 잠겼다.

"저는 여전히 이백께서 시인 이백을 뛰어넘을 가능성이 없다고 생각합니다. 하지만 지금 노력을 하고 계시니 올바른 방향을 제시해 드리죠. 기술에 눈이 멀면 자연의 아름다움을 보지 못합니다. 그러니 먼저 슈퍼 기술을 모두 잊으십시오. 기억하는 모든 것을 대뇌에 이식할 수 있으니 그중 일부는 삭제도 가능할 겁니다."

이백은 고개를 들어 큰이빨과 눈을 맞추고는 크게 웃었다. 큰이빨이 이백에게 말했다.

"존경하는 신이시여, 제가 진작에 말씀드리지 않았습니까. 얼마나 간사한 벌레입니까. 저 녀석들이 파 놓은 함정에 빠지지 않도록 조심하셔야 합니다."

"하하하, 간사한 벌레 같으니. 하지만 재미는 있구나."

이백은 인의를 쳐다보며 차갑게 말했다.

"내가 패배를 인정했다고 생각하는 것이냐?"

"인류가 지은 시의 예술적 경지를 넘지 못하셨습니다. 이것은 엄연한 사실입니다."

이백은 손가락으로 강을 가리키며 말했다.

"강가로 가는 데 몇 가지 길이 있는 줄 아느냐?"

인의는 뭐라 대답할지 몰라 우물쭈물하다 입을 열었다.

"한 가지만 있지 않을까요."

"아니다. 두 가지다. 이 방향으로도 갈 수 있다."

이백은 강과 반대 방향을 가리키며 이어서 말했다.

"저 길로 쭉 가서 탐식제국의 큰 고리를 한 바퀴 돌아 맞은편 기슭에서 다시 강을 건너면 이쪽 강기슭으로 올 수 있다. 나는 은하계를 한 바퀴 돌아 다시 돌아올 수도 있다. 우리 기술이라면 이 모든 것이 누워서 떡 먹기보다 더 쉬워진다. 기술은 모든 것을 뛰어넘을 수 있단 말이다! 나는 그저 지금 다른 길을 가고 있을 뿐이야!"

인의는 한참 동안 생각하고 또 생각해 봤지만 이백의 말에 동의할 수 없었다.

"이백께서 신과 같은 기술이 있다 하더라도 저는 진짜 이백을 뛰어넘을 다른 길이 어디에 있는지 모르겠습니다."

이백은 자리에서 일어나 인의에게 말했다.

"간단하다. 이백을 뛰어넘을 수 있는 길은 두 가지다. 그중에 첫 번째 길은 그를 뛰어넘는 시를 쓰는 것이다. 그리고 나머지 길은 모든 시를 쓰는 것이지!"

인의는 갈수록 머릿속이 혼란스러웠다. 그런 그와 달리 옆에 있는 큰이빨은 무언가 깨달은 모양인지 고개를 끄덕였다.

"모든 한자를 다 조합해서 율격에 따르는 시를 모조리 쓸 거란 말이다!"

"아, 위대하십니다! 위대한 목표입니다!"

128

큰이빨은 환호성을 질렀다.

"그게 어려운 일입니까?"

인의가 어리석은 질문을 했다.

"당연히 어렵지. 무지 어렵단다! 탐식제국에서 가장 큰 컴퓨터로 조합해도 우주의 종말이 올 때까지 끝내지 못할 거다!"

"그리 많지 않을 겁니다."

인의는 의심 가득한 눈빛으로 이백을 바라봤다.

이백은 의기양양한 표정으로 고개를 끄덕였다.

"당연히 아주 많아! 하지만 너희가 아직 정복하지 못한 양자 계산 기술을 이용한다면 정해진 시간 내에 계산을 끝낼 수 있다. 그때가 되면 나는 모든 시와 사*를 쓸 수 있지. 과거에 나온 시뿐만 아니라 앞으로 미래에 누군가 쓸지도 모를 시까지도 전부 쓸 수 있어. 여기서 특히, 미래에 누군가 쓸지도 모를 시도 쓸 수 있다는 것에 방점을 찍어야 한다! 이백의 경지를 뛰어넘는 예술도 여기에 포함된다. 사실 나는 이미 모든 시와 사를 섭렵했다. 그러니 이제 우주가 멸망할 때까지 세상에 나오는 시인은 그의 수준이 얼마나 높든 간에 모두 표절 시인이라는 운명에서 벗어날 수 없을 거다. 그들이 창작했다고 쓴 작품들이 이미

---

* 시와는 다른 형식의 운문으로 노래 가사에 가깝다.

내 대형 메모리에 담겨 있을 테니까."

큰이빨은 이백의 눈빛에서 흥분한 기운을 느끼고 화들짝 놀랐다. 그는 이백에게 작은 목소리로 물었다.

"대형…… 메모리요? 존경하는 신이시여, 양자 컴퓨터로 쓴 모든 시를…… 저장하겠다는 말씀은 아니겠지요?"

"시를 쓰고 지워 버리면 무슨 의미가 있느냐? 당연히 저장해야지! 나의 종족이 우주에 남긴 예술 가운데 불후의 작품이 될 것이다!"

방금 전 놀라움으로 가득 찼던 큰이빨의 눈빛이 공포로 바뀌었다. 그는 투박한 두 손을 앞으로 쭉 내밀고 두 다리를 굽힌 후 흐느끼는 목소리로 말했다.

"아니 됩니다. 존경하는 신이시여, 이것은 아니 될 일입니다!"

인의가 큰이빨에게 물었다.

"무엇이 두려워 이러십니까?"

"이 바보 같은 녀석! 원자탄은 원자가 만든 거라며? 메모리도 원자로 만든다. 이 메모리의 저장 밀도가 최고라 해도 원자 수준에 불과하다! 그런데 원자 수준의 저장이 무엇을 의미하는지 아느냐? 바늘 끝만 한 크기의 공간에 인간의 모든 책을 저장할 수 있다는 말이다! 현재 여기에 남아 있는 너희의 책이 아니라 지구를 먹어치우기 전 지구에 존재했던 모든 책을 말이다!"

"아, 그 정도는 가능할 것 같은데요. 물 한 컵에 들어 있는 원자수가 지구의 모든 바닷물을 담기 위해 필요한 컵 수보다 더 많다고 들었어요. 그러니 이백께서는 지은 시를 바늘 하나에 저장해서 가지고 다니면 되잖아요."

인의는 이백을 가리키며 말했다.

화가 머리끝까지 난 큰이빨은 자리를 왔다 갔다 하면서 감정을 조절했다.

"좋다, 좋아. 신께서 말씀하신 오언시, 칠언시 그리고 그 무엇이냐. 그래, 사를 각각 한 편씩 쓴다고 가정하면 총 몇 자나 나오겠느냐?"

"많지 않습니다. 2만 3000자 정도 되겠지요. 옛 시와 사는 최고로 다듬어진 예술입니다."

"그럼 좋다. 이 바보 같은 벌레 녀석, 내가 이 시들이 얼마나 정제됐는지 보여 주겠다!"

큰이빨은 바둑판을 가리키며 말했다.

"이 따분한 놀이를 뭐라고 부르더라, 아, 맞다, 바둑. 이 바둑판에는 모두 몇 개의 교차점이 있느냐?"

"가로, 세로 각각 19개 있으니 모두 합해서 361개의 교차점이 있습니다."

"좋다. 각 점에는 검은 돌, 하얀 돌 그리고 아무것도 안 놓고 비워 두는 세 가지 경우가 있다. 그렇다면 바둑 한 판은 세 개의 한자를 조합해 지은 19행, 361개 글자로 구성된 시라고 볼 수 있다."

"기가 막힌 비유입니다."

"이제 이 세 한자로 구성된 시의 모든 조합을 다 쓴다고 하면 시를 몇 수나 쓸 수 있는지 알려 주마. 3의 361승이거나 10의 172승이겠구나!"

"이게…… 많은 건가요?"

"멍청한 놈! 우주에 있는 원자를 다 합해도…… 아…….."

큰이빨은 화를 이기지 못했는지 아무 말도 못 했다.

"몇 개나 됩니까?"

인의는 여전히 모르겠다는 표정을 지었다.

"겨우 10의 80승이란 말이다! 이 멍청한 벌레야."

이제야 인의는 조금 놀랐다.

"그러니까 원자 하나에 시 한 수를 저장한다고 가정하면 우주의 모든 원자를 다 써도 양자 컴퓨터가 쓴 시들을 저장하지 못한다는 말이군요?"

"어림도 없지! 10의 92승 배나 부족하다고! 게다가 원자 하나에 어떻게 시 한 수를 저장할 수 있느냐? 인간 벌레의 메모리라면 시 한 수를 저장하는 데 사용하는 원자수는 너희 인구보다도 많을 거다. 우리의 경우, 원자 하나에 1비트 이진수 저장은 아직 실험 단계에 있다."

이때 이백이 끼어들어 말했다.

"사자여, 이 분야에서는 생각이 참으로 짧구나. 상상력이 부족해. 탐식제국의 기술 발전이 더딘 이유는 바로 이 때문이야."

이백은 웃는 표정으로 다시 말을 이었다.

"양자의 중첩 원리에 기반을 둔 양자 메모리를 이용하면 소량의 물질로도 시들을 저장할 수 있다. 물론, 양자 저장은 그다지 안정적이지 못해서 시들을 영원히 저장하려면 이보다 더 전통적인 저장 기술과 결합해서 사용해야 해. 이 방법을 써도 메모리를 만드는 데 필요한 물질의 양은 극히 적다."

"얼마나 되나요?"

큰이빨이 물었다. 보아하니 가슴이 몹시 두근거리는 모양이었다.

"대략 10의 57승 개다. 얼마 안 되지."

"이…… 이 정도면 태양계 전체의 물질량입니다!"

"그렇다. 태양계의 모든 행성을 포함하지. 탐식제국까지도 말이야."

인의는 이백이 흘리듯 가볍게 말한 마지막 말이 청천벽력처럼 느껴졌다. 그런데 그런 그와 달리 큰이빨은 담담한 듯 보였다. 오랫동안 불길한 예감에 시달려서인지 실제로 재난이 다가오자 오히려 일종의 해방감을 느끼는 것 같았다.

큰이빨이 물었다.

"신이시여, 에너지로 물질을 만들 수 있지 않습니까?"

이백이 말했다.

"이렇게 많은 양의 물질을 얻으려면 에너지가 얼마나 필요한지 네가 모를 리 없다. 우리 모두 상상도 못할 정도지. 그러니 지금 있는 것으로 해 보자."

큰이빨은 혼잣말을 했다.

"황제가 괜히 걱정한 게 아니었어."

이 말을 듣고 이백이 말했다.

"그랬을 게다. 엊그제 탐식제국의 황제에게 위대한 탐식자가 더 위대한 목적에 사용될 거라고 알려 주었다. 너희 공룡들은 자부심을 가져도 좋다."

큰이빨은 축 가라앉은 목소리로 말했다.

"한 가지 문제가 있습니다. 태양과 비교하면 탐식제국의 질량은 얼마 되지 않습니다. 우주의 먼지만도 못한 물질을 얻기 위해 수천만 년 동안 진화한 문명을 무너뜨릴 작정이십니까?"

"네가 무엇을 궁금해하는지 잘 알고 있다. 하지만 태양의 소멸, 냉각과 해체에는 오랜 시간이 걸린다는 걸 알아야 할 거다.

그러니 그 전에 시에 대한 양자 계산을 이미 시작해야 해. 제때 결과를 저장하고 양자 컴퓨터의 메모리를 정리해야 계속 계산할 수 있다. 이렇게 하려면 메모리 제조에 즉시 투입할 수 있는 행성과 탐식제국의 물질이 반드시 필요하다."

"무슨 말씀이신지 이해했습니다. 존경하는 신이시여, 마지막 질문이 있습니다. 모든 조합의 결과를 저장할 필요가 있을까요? 출력 단자에 판단 프로세스를 설치해서 저장할 가치가 없는 시를 지우면 안 되는 이유가 있나요? 제가 알기로 중국 옛 시는 엄격한 율격을 따라야 한다고 합니다. 율격에 맞지 않는 시를 지워 버리면 결과적으로 저장해야 하는 총량은 크게 줍니다."

"율격? 흥."

이백은 고개를 저었다.

"그건 영감을 속박하는 것에 불과해. 중국 남북조 이전의 고체시를 보면 율격의 제한을 받지 않아. 당대 이후 엄격한 근체시를 보더라도 고전 시가를 짓는 상당수의 작가들은 율격을 따르지 않고 탁월한 변용을 구사한 시를 많이 발표했다. 하여 나는 이번에 시를 지을 때는 율격을 고려하지 않을 거다."

"결국 시의 내용을 고려한다는 거군요? 그렇다면 마지막 계산 결과 중에서 99퍼센트의 시는 아무 의미도 없을 것입니다. 이런 무작위로 만든 한자 조합을 저장해서 무엇에 쓰시려고요?"

"의미라?"

이백은 어깨를 으쓱이며 말했다.

"사자여, 시의 의미는 네가 인정한다고 생기는 게 아니다. 물론 나도, 그 어떤 이의 인정도 받을 필요가 없다. 오직 시간만이 의미를 부여해 준다. 당시에는 아무 의미 없던 시들이 훗날 걸작으로 인정받는 것도 그 때문이야. 지금이나 이후에 걸작이라고 인정받는 작품들도 아주 먼 옛날에는 아무 의미 없었을 거다. 나는 모든 시를 지을 거다. 억에 억에 억만 년이 지나 위대한 시대를 맞이하면 내가 지은 시가 걸작으로 평가받을지 누가 알겠느냐?"

"이건 너무 터무니없는 일입니다!"

큰이빨이 큰 소리로 말했다. 거친 그의 목소리를 들은 닭들이 멀리 풀밭에서 깜짝 놀라 꼬꼬댁 울기 시작했다.

"만약 양자 컴퓨터가 인간 벌레의 한자 사전에 따라 첫 시를 짓는다면 분명 이 시가 될 것입니다.

아아아아아 아아아아아 아아아아아 아아아아아

그 위대한 시대가 왔을 때 과연 이 시를 걸작으로 쳐 줄까요?"

아무 말도 하지 않던 인의가 환호성을 질렀다.

"와! 위대한 시대를 기다릴 필요가 있나요? 지금 봐도 최고의 시인걸요! 앞의 세 행과 마지막 행의 앞에 네 글자는 장엄한 우주를 감탄하고 있군요. 이 시의 백미는 마지막 글자입니다. 우주의 광활함을 깨달은 후 무한한 시공에서 한없이 미약한 자신에 대해 탄식하잖아요."

"하하하!"

수염을 쓰다듬던 이백은 입을 다물지 못하고 크게 웃었다. 몹시 기분이 좋은 모양이었다.

"좋은 시다. 인의 벌레야, 정말 좋은 시구나. 하하하."

이백은 인의에게 술을 한 잔 따라 주었다.

큰이빨이 큰 손바닥으로 인의를 한 대 툭 쳤다.

"이 뻔뻔한 벌레 같으니. 지금은 신이 나겠지만 잊지 마라. 탐식제국이 멸망하면 너희도 살아남지 못한다!"

큰이빨이 툭 친 인의는 강가까지 쉬지 않고 굴러가다 한참 후에야 일어났다. 얼굴은 온통 모래투성이지만 웃음이 떠나질 않았다. 너무 웃어서 턱이 아팠지만 멈출 수가 없었다.

"하하하, 이렇게 재미있을 수가. 이 우주에는 정말 신기한 일들이 많아!"

인의가 흥분한 목소리로 외쳤다.

"사자여, 궁금한 게 더 있는가?"

이백의 물음에 큰이빨은 질문이 없다는 의미로 고개를 저었다. 이백이 이어서 말했다.

"그렇다면 나는 내일 떠나겠다. 모레부터 양자 컴퓨터가 시 짓기 프로그램을 작동할 거다. 이제 곧 시 짓기의 종결자가 나올 거야. 같은 날 태양계의 항성과 행성의 소멸, 그리고 탐식제국 해체 프로젝트도 시작한다."

"존경하는 신이시여, 탐식제국은 오늘 밤 전투를 준비할 겁니다!"

큰이빨이 절도 있는 자세로 말했다.

"좋다. 정말 좋아. 앞으로 재미있는 일들이 펼쳐지겠어. 모든 일이 일어나기 전에 먼저 이 술부터 다 마셔 버리자."

기분이 좋아진 이백은 고개를 끄덕이며 조롱박을 들었다. 술을 따른 후, 그는 어둠에 가려진 강을 바라보다 아직 흥이 남았는지 방금 전 지은 시를 다시 떠올렸다.

"정말 좋은 시야. 처음 지은 시인데. 하하, 첫 시부터 좋은 시가 나왔구나."

탐식제국의 최후

시 짓기 프로그램은 사실 매우 단순해서 인간이 개발한 컴퓨터 프로그래밍 언어인 C언어를 사용하면 2,000개 코드를 넘지 않고 모든 한자를 손쉽게 데이터베이스에 추가할 수 있었다. 해왕성 궤도에 있는 거대하고 투명한 송곳 모양의 양자 컴퓨터가 프로그램을 작동하는 순간 시 짓기 종결 프로젝트가 시작됐다.

그제야 탐식제국은 이백이 슈퍼 문명의 종족 중에 한 개체라는 사실을 알았다. 이는 그들의 예상과는 다른 형태였다. 공룡들은 이 정도 기술 수준까지 진화한 사회라면 의식적인 면에서 집단을 이뤘을 거라 생각했다. 탐식제국이 과거 1,000만 년 동안 만났던 다섯 개 슈퍼 문명도 모두 그랬다. 그런데 이백 종족은 개체를 유지하고 있었고 일부는 예술에 대한 남다른 이해력을 보였다. 시 짓기를 시작할 때쯤 우주 여러 곳에 있던 이백 종족의 개체들이 태양계로 옮겨 가 메모리 제작을 시작했다.

탐식제국에 있는 인간들은 우주에 존재하는 양자 컴퓨터뿐만 아니라 새로 온 신족도 잘 알지 못했다. 그들이 보기에 시 짓기 종결 프로젝트는 그저 우주에 있는 행성과 항성의 수를 줄이는 과정이었다.

시 짓기 종결 프로그램을 돌린 지 일주일 후, 신족은 성공적으로 태양을 소멸시켰다. 태양 내부의 핵융합이 멈추면서 태양은 붕괴됐고 이내 수축하며 새로운 별이 탄생했다. 그 새 별빛은 어두운 밤을 밝게 비췄다. 새로운 태양의 밝기는 이전 것보다 수백 배나 커서 탐식자의 표면에 있는 나무와 풀에 연기가 났다.

이 새로운 별은 얼마 후 다시 폭발했다. 이렇게 밝아졌다 소멸하고, 소멸하다 밝아지는 것이 마치 목숨이 아홉 개 있는 고양이가 끝없이 발악하는 것처럼 보였다.

신족은 항성을 없애는 데 도사였다. 그들은 침착하게 새로운 별을 하나하나 없애고 이 새로운 별의 물질을 메모리 제조에 필요한 중원소로 최대한 융합시켰다. 열한 번째 새로운 별이 소멸하고서야 태양은 연기로 자욱했다.

어느덧 시 짓기를 시작한 지 지구 시간으로 3개월이 됐다. 그 전에 세 번째 새로운 별이 나타났을 때 우주 공간에는 또 다른 태양들이 모습을 드러냈다. 이 태양들은 우주 공간의 서로 다른 위치에서 밝아졌다 소멸하기를 반복했는데 많을 때는 아홉 개의 새로운 태양이 나타난 적도 있었다. 이 태양들은 신족이 행성을 해체할 때 나타나는 에너지가 방출되는 것이었다. 이후 태양들의 섬광이 어둡고 약해지자 사람들은 이 태양들 중 어느 것이 진짜고 어느 것이 가짜인지 구분하지 못했다.

탐식제국의 해체는 시 짓기가 시작되고 5주가 지나자 일어났다. 그전에 이백은 탐식제국에 다음과 같이 제안했다.

"신족은 은하계 저쪽 끝에 존재하는 세계로 공룡을 옮길 것이다. 그곳에도 문명이 있다. 신족보다 많이 낙후된 곳이라 에너지로 물질을 만드는 기술은 없지만 탐식문명보다 많이 앞서 있다. 그곳에 가면 공룡들은 가축처럼 사육되기 때문에 입고 먹는 데 걱정이 없는 행복한 생활을 할 수 있다."

탐식제국은 배부른 돼지로 사느니 배고픈 소크라테스로 살겠다며 이 제안을 단칼에 거절했다.

이백은 이어서 또 다른 요구를 했다.

"인간을 그들이 살던 별로 돌려보내라."

이미 지구도 해체돼 메모리 제조에 사용됐지만 신족은 일부 남은 물질로 인간을 위해 속이 빈 지구를 만들었다. 속이 빈 지구의 크기는 옛 지구와 비슷하나 질량은 원래 지구의 백분의 일에 불과했다. 그렇다고 지구 내부가 완전히 약탈당했다고 말하는 건 그리 적절하지 않았다. 옛 지구 표면에 있는 약한 암석을 지각으로 사용할 수 없어서 지각 재료를 지구핵에서 얻었기 때문이다. 이 밖에도 경도와 위도처럼 지각을 교차하는 고정 고리는 태양이 붕괴될 때 나오는 고밀도의 중성자 물질로 이뤄져 있어서 가늘지만 강도가 상당히 높았다.

탐식제국은 이백의 요구를 한 치의 망설임도 없이 받아들여 모든 인류를 탐식자에서 떠나게 하겠다고 했다. 또한 지구에서 약탈한 바닷물과 공기를 모두 지구에 돌려주겠다는 약속도 덧붙였다. 신족은 속이 빈 지구 내부에 옛 지구가 누리던 모든 대륙과 해양 그리고 대기층을 회복시켰다. 정말 감동적인 순간이었다.

이어서 참혹한 탐식자 방위 전쟁이 일어났다. 탐식제국은 우주에 있는 신족을 목표로 대량의 핵폭탄과 감마선 레이저를 발사했지만 신족에게는 무용지물이었다. 신족이 발사한 보이지 않는 무형의 강력한 역장으로 탐식자는 갈수록 빠른 속도로 돌기 시작했다. 그러다가 결국 자전 속도 초과로 발생한 원심력 때문에 해체되고 말았다. 그때 인의는 속이 빈 지구로 돌아가고 있었다. 그는 1,200만 킬로미터 떨어진 곳에서 탐식제국이 멸망하는 과정을 지켜보고 있었다.

탐식자의 해체 과정은 느리게 진행됐다. 마치 환상처럼 어두운 우주를 배경으로 한 이 거대한 세계는 커피에 떠 있는 우유 거품처럼 흩어졌다. 가장자리에 깨진 조각들은 녹아 버리듯 어둠 속에 묻히다 갑작스러운 폭발이 일어나면 그 빛에 한 번씩 모습을 드러냈다.

—『탐식제국 연대기』에서 발췌

먼 옛날 지구에서 탄생한 혈기 넘쳤던 위대한 문명은 이렇게 사라졌다. 이를 지켜보던 인의는 몹시 슬펐다. 살아남은 일부 공룡만이 인간과 함께 지구로 돌아갔는데 그 공룡 무리에 큰이빨도 있었다.

지구로 돌아가는 내내 인간들은 인의와 다른 이유로 울상을 지었다. 지구로 돌아가면 황무지를 개척해서 농사를 지어야 끼니를 해결할 수 있었다. 오랜 시간 사육에 익숙해진 그들은 팔다리를 움직여 노동해 본 적도 없고 곡식도 분간할 줄 몰랐다. 그러니 그들에게 지구로의 귀환은 악몽이었다.

그러나 인의는 지구의 미래에 확신이 넘쳤다. 수많은 난관이 기다리고 있겠지만 인간은 다시 인간으로서 살아갈 것이었다.

세상에 존재하는 모든 시

시 짓기 항해를 하던 유람선이 드디어 남극 해안에 도착했다.

남극의 중력은 이미 많이 작아져서 파도가 마치 꿈속에서 추는 춤처럼 천천히 움직이고 있었다. 또한 저중력 탓에 해안으로 몰아치는 파도의 높이가 수십 미터에 달했다.

허공까지 솟은 바닷물은 표면장력으로 수많은 물방울이 생겼는데 그중에 큰 것은 축구공만 하고 작은 건 빗방울만 했다. 이 물방울들은 손으로 따라가며 가리킬 수 있을 만큼 천천히 바닥으로 떨어졌다.

물방울에 반사된 햇빛이 기슭에 오른 인의와 이백 그리고 큰 이빨의 주변을 영롱하게 비췄다. 자전 때문에 지구의 남북극 지축이 약간 길어졌는데 이 영향으로 속 빈 지구의 양 극 지역은 과거와 같은 한랭한 상태를 유지할 수 있었다. 저중력의 작용으로 우유 거품을 닮은 눈이 내리면 얕을 때는 인간의 허리까지 오고 깊을 때는 큰이빨을 덮기도 했다.

그런데 신기하게도 눈 거품에 덮여도 호흡이 가능했다. 남극 대륙 전체가 이 볼록볼록 튀어나온 눈 거품에 덮여 있었다.

인의 일행은 남극점으로 가는 설상차에 몸을 실었다. 모터보트를 닮은 설상차가 빠른 속도로 질주하자 길 양쪽으로 눈보라가 일었다.

둘째 날, 그들은 남극점에 도착했다. 극점을 알리는 높고 큰 수정 금자탑은 2세기 전 지구에 다시 돌아온 우주순찰대를 기념하기 위해 세운 기념비였다. 기념비에는 그 어떤 글도 그림도 없었다. 영롱한 기념비는 지구의 꼭대기에 쌓인 눈 위에서 묵묵히 햇빛을 반사하고 있었다.

이곳에서 보니 지구 전체가 한눈에 들어왔다. 사방을 환히 비추는 작은 태양 주변으로 대륙과 바다가 에워싸고 있는 모습이 마치 북극해에서 태양이 떠오른 것처럼 보였다.

"이 작은 태양이 영원히 지구를 비춰 줄 수 있을까요?"

인의가 이백에게 물었다.

"이건 소형 화이트홀이야. 새로운 지구 문명이 태양을 만드는 기술을 확보할 만큼 진화할 때까지 비춰 줄 거야."

"화이트홀이라고요? 블랙홀과 반대되는 개념인가요?"

큰이빨이 물었다.

"그렇지. 화이트홀은 웜홀을 통해 200만 광년 밖에 있는 블랙홀과 연결돼 있어. 그 블랙홀은 항성 주변을 돌고 있는데 그때 흡수한 항성의 빛이 여기에서 나오는 거야. 시공을 초월한 광섬유의 출구라고 볼 수 있지."

기념비의 꼭대기는 라그랑주 축의 남쪽 기점으로 속 빈 지구의 남북 양극을 연결하는 축이다. 전쟁이 일어나기 전, 지구와 달 사이의 무중력 지점인 '라그랑주 점'에서 따온 이름으로 1만 3000킬로미터에 이르는 무중력 축이다. 이후 인간은 라그랑주 축에서 여러 위성을 발사할 것이다. 예전 지구와 비교하면 이 라그랑주 축에서의 인공위성 발사는 식은 죽 먹기처럼 쉽다. 위성을 남극이나 북극점으로 옮기기만 하면 쉽게 쏘아 올릴 수 있기 때문이다.

기념비를 보고 있는 셋의 근처로 또 다른 큼직한 설상차 한 대가 젊은 여행객을 싣고 달려왔다. 차에서 내린 이 여행객들은 두 다리를 스프링처럼 팅겨 슝 하고 공중으로 날아올랐다. 잠시 후 그들은 라그랑주 축을 따라 높이 올라가 위성이 됐다. 여기서 보니 수많은 검은 점이 공중에서 축의 위치를 나타내고 있었다. 그 검은 점들은 무중력 축을 떠다니는 관광객과 차량이었다. 원래 여기서 북극으로 바로 날아갈 수 있었지만 작은 태양이 라그랑주 축 가운데에 위치해 있었다. 맨 처음에 이 축을 따라 비행하던 일부 여행객들은 휴대한 소형 제트 추진기가 고장나는 바람에 감속하지 못하고 태양 속으로 곧장 빨려 들었다. 작은 태양에서 멀리 떨어진 곳에서 그들은 모두 증발해 버렸다.

속이 빈 지구에서 우주로 가는 방법도 간단했다. 적도에 있는 지구문이라고 부르는 깊은 갱 다섯 개 가운데 하나의 갱으로 들어간 후 아래로 100킬로미터 내려가 지각을 지나면 속이 빈 지구의 자전으로 일어난 원심력에 따라 우주로 갈 수 있다.

시운을 보려면 지각을 지나야 했다. 인의 일행이 선택한 곳은 남극의 지구문이었다. 이곳의 자전 원심력은 0이라 우주로 나가지 못하고 속 빈 지구의 외표까지만 도달할 수 있었다. 그들은 남극의 지구문 통제구역에서 간편한 우주복을 입은 후 100킬로미터 깊이의 갱으로 들어갔다. 그곳은 중력이 없는 곳인데 '터널'이라고 부르는 게 더 적합했다. 무중력 상태에서 그들은 우주복에 장착된 제트 추진기를 이용해 앞으로 나아갔다. 이 방법은 적도의 지구문에서 낙하하는 것보다 한참이나 느렸기 때문에 30분이 지나서야 겨우 바깥 표면에 도착했다.

속 빈 지구의 바깥 표면은 매우 황량해서 중성자 소재로 만든 가로세로의 고정 고리만 있었다. 이 고정 고리는 경도와 위도에 따라 지구의 바깥 표면을 수많은 격자로 나눠 놓았다. 그중 남극점은 경도를 표현한 모든 고정 고리가 지나가는 교차점이었다. 지구문을 나온 후 인의 일행은 그리 넓지 않은 고원에 도착했다. 지구의 고정 고리는 길게 늘어진 산맥처럼 고원을 중심으로 모든 방향으로 뻗어 있었다.

인의 일행은 고개를 들어 시운을 바라봤다.

시운은 이미 사라진 태양계가 있던 자리에 위치해 있었고, 직경 100AU의 소용돌이 성운으로 모양은 태양계를 많이 닮았다. 속 빈 지구는 시운 가장자리에 위치하고 있었는데 이곳은 옛 태양이 은하계에서 있던 자리와 비슷했다. 다른 점이라면 지구 궤도와 시운은 같은 평면에 있지 않았다. 이 때문에 시운의 한쪽 면을 볼 수 있었다. 더군다나 시운은 지구 사람들이 전체 모양을 볼 수 있을 만큼 먼 거리에 있지 않았다. 실제로 남반구의 하늘 전체는 시운으로 덮여 있었다.

시운의 은빛 때문에 땅에는 사람들의 그림자가 생겼다. 이 빛은 시운이 스스로 내는 것이 아니라 우주 방사선에서 나오는 것이었다. 방사선의 밀도가 고르지 않기 때문에 시운에 커다란 무늬가 자주 일어났다. 다양한 색깔로 물든 무늬가 한없이 큰 우주로 퍼져 가는 모습이 마치 시운을 헤엄치는 야광 고래 같았다. 가끔 방사선의 강도가 급격하게 증가하면 시운에서 맑고 흰 점이 나오는데 이때 시운은 구름과 전혀 다른 모습을 띠었다.

이 때문에 하늘 전체가 바닷속에서 보는 달밤처럼 보였다.

지구와 시운은 함께 움직이지 않기 때문에 지구가 나선팔 사이 틈에 위치할 때가 있었는데 이 틈을 지나가면서 밤하늘과 별들을 볼 수 있었다. 가장 멋진 장면은 뭐니 뭐니 해도 나선팔 가장자리에서 보는 시운의 단면이었다. 지구의 하늘에 생기는 적란운을 닮았지만 딱히 어떤 모양이라고 표현할 수 없는 형체로 계속 변했다. 이 거대한 형체는 끝도 없는 시운의 회전 평면에서 높이 올라와 희미한 은빛을 내뿜고는 하는데 마치 무의식 속의 끝도 없는 꿈과 같았다.

인의는 시운을 바라보던 눈을 거두고 땅에 떨어져 있는 칩을 주웠다. 그들 주변에 떨어져 있는 이 칩은 추운 겨울, 땅에서 얼어 버린 얼음 조각처럼 빛을 내고 있었다. 인의는 칩을 들어 시운으로 가득 덮여 있는 하늘에 대 봤다. 칩은 얇고 손바닥 반만 한 크기였으며 투명했지만 비스듬히 기울이면 시운의 빛이 칩 표면을 비추면서 무지갯빛 무리를 볼 수 있었다.

이것이 바로 양자 메모리였다. 인류 역사에서 만든 모든 문자 정보를 이 얇은 메모리 하나에 전부 담아도 수억분의 일도 차지하지 않았다. 10의 40승인 메모리로 형성된 시운에 시 짓기의 모든 결과가 담겨 있었다. 이 시운은 옛 태양과 태양의 아홉 행성을 구성하는 모든 물질로 만들어졌다. 물론 여기에는 탐식제국도 포함됐다.

"위대한 예술품입니다!"

큰이빨은 감탄을 연발했다.

"맞아요. 내재된 아름다움이 있어요. 직경 100억 킬로미터의 성운에 세상에서 가능한 모든 시와 사를 담다니! 정말 위대해요! 저도 이젠 기술을 숭배하기로 했어요."

감격한 인의가 성운을 바라보며 말했다.

둘과 달리 의기소침한 표정의 이백이 긴 한숨을 내쉬며 말했다.

"이제 보니 우리는 서로를 향해 가고 있었구나. 나는 예술에서 기술의 한계를 봤어. 나는……."

이백은 흐느끼는 목소리로 말을 이었다.

"나는 실패자야. 흑흑……."

"무슨 그런 말씀을 하세요!"

인의는 하늘에 보이는 시운을 가리키며 말했다.

"저곳에는 세상에 존재하는 모든 시들이 담겨 있어요. 그러니 이백을 뛰어넘은 이백의 시도 있다고요!"

"하지만 그 시들은 내 것이 될 수 없잖아!"

이백은 발을 튕겨 수 미터 높이로 날아오르더니 몸을 웅크린 채 슬픈 얼굴을 두 무릎 사이에 파묻었다. 지각의 약한 중력 때문에 그의 몸은 천천히 내려왔다.

"시 짓기 종결 프로젝트가 시작될 때 나는 시와 사를 식별하는 프로그램을 만들었다. 하지만 기술은 예술 안에서 다시 한번 뛰어넘을 수 없는 장애물을 만났어. 그 후 지금까지 뛰어난 시를 골라서 감상할 수 있는 소프트웨어조차도 만들지 못하고 있다."

허공에 떠 있던 이백은 손가락으로 시운을 가리키며 이어서 말했다.

"이만하면 괜찮아. 위대한 기술의 힘을 빌려 시 중에서 최고의 걸작을 썼으니까. 비록 시운에서 그 시들을 찾지 못하겠지만……."

"지적 생명체의 정수와 본질은 기술로는 닿을 수 없는 건가요?"

큰이빨이 시운을 바라보며 큰 소리로 물었다. 이 모든 것을 겪으면서 그는 점점 철학자가 되어 갔다.

"시운에는 세상에서 가능한 모든 시가 담겨 있다. 그중 일부 시는 우리의 모든 과거와 모든 가능한 미래, 그리고 불가능한 미래를 노래하고 있지. 인의 벌레는 이런 시 한 수를 찾을 수 있을 거야. 30년 전 어느 날 저녁에 손톱을 깎던 느낌이라거나 12년 후 먹는 점심의 맛을 표현한 시 말이야. 큰이빨 사자도 이런 시를 찾을 수 있어. 다리에 난 비늘이 5년 후에 어떤 색으로 변해 있는지 노래한 시를…….”

다시 땅으로 내려온 이백은 칩 두 개를 꺼냈다. 칩들이 시운의 빛을 받아 반짝반짝 빛났다.

“이건 내가 주는 이별 선물이다. 여기에 양자 컴퓨터가 쓴 시 가운데 인의와 큰이빨의 이름을 키워드로 시운에서 검색한 수억에 억 개의 시가 담겨 있다. 여기엔 너희 둘에게 있을 법한 미래를 노래하고 있어. 물론 시운에 저장된 너희 둘을 묘사한 시에 비하면 극히 일부에 불과하지만.

나는 그중에서 수십 수를 읽어 봤는데 내가 가장 좋아하는 시는 인의 벌레에 관한 칠언시로 아름다운 아가씨와 강가에서 사랑을 나누는 이야기였어. 내가 떠난 후에도 인간과 공룡이 서로 화목하게 지냈으면 한다. 특히 인간들끼리는 더 잘 지내야 한다. 속이 빈 지구의 지각이 핵폭탄 때문에 터져서 구멍이 나면 골치 아픈 일이 생길 테니까……. 시운에 있는 수많은 좋은 시들이 아직 주인을 만나지 못했어. 인류가 그중에 일부라도 쓸 수 있기 바란다.”

“저와 그 아가씨는 이후에 어떻게 되나요?”

인의는 미래가 궁금했는지 이백에게 물었다.

시운의 은빛 아래에서 이백이 미소 띤 얼굴로 말했다.

“두 사람은 오래오래 행복하게 살았다.”

미세기원

방주 속 마지막 인간

선구자는 자신이 우주에 남은 유일한 인간임을 잘 알고 있었다. 비행선이 명왕성을 지나고 있을 때 그는 이 사실을 알았다. 비행선에서 볼 때 태양은 어두운 별이었다.

30년 전 태양계를 벗어날 때와 비교해 크게 달라진 건 없었지만 비행선 컴퓨터가 방금 계산한 겉보기운동* 차이로 볼 때, 명왕성 궤도가 상당히 밖으로 이동했다는 것을 알 수 있었다. 이것을 바탕으로 계산해 보면 태양은 선구자가 출발할 때보다 4.74퍼센트의 질량을 잃었다는 값이 나왔다. 그는 계산 결과를 보며 떨리는 심장을 차갑게 얼려 버릴 만한 결론을 떠올렸다.

그 일은 이미 일어났다.

* 태양계 내의 천체가 포물선의 궤도를 그리면서 도는 현상

실제로 그가 출발할 때 인간은 이미 그 일이 곧 발생할 것임을 알고 있었다. 천체물리학자들은 태양을 관측한 수만 대의 탐지기 통해 짧은 순간 한 번 터지는 에너지 섬광으로 태양은 전체 질량에서 약 5퍼센트의 질량을 잃어버릴 것이라고 예측했다.

만약 태양에게 기억이 있다면 그 일 때문에 불안해하지는 않았을 것이다. 수십억 년의 길고 긴 생애 속에서 태양은 이보다 훨씬 급격한 변화를 겪은 적이 있었기 때문이다. 태양이 성운의 소용돌이 속에서 탄생했을 때, 태양의 생명은 천분의 일초인 밀리초 단위로 급변했다. 그 눈부신 순간에 중력이 붕괴되며 핵융합의 화염이 성운의 혼돈한 어둠을 밝게 비추었다.

태양은 자기의 생명이 하나의 과정임을 잘 알고 있었다. 그렇기 때문에 비록 지금은 가장 안정된 단계에 있지만 잔잔하던 물에 갑자기 작은 물방울이 일었다 터지는 것처럼 우연적이고 작은 변화가 언제든지 일어날 수 있었다. 그런 시각에서 보면 에너지와 질량의 손실은 별일도 아니었다. 그럼에도 태양은 여전히 태양 아니겠는가.

물론 이 때문에 태양계의 다른 행성이 지나치게 큰 영향을 받는 일은 없을 것이다. 수성은 아예 녹을지도 모르고 금성은 대기 전체가 떨어져 나갈 수 있다. 이보다 바깥에 있는 행성이 받는 영향은 훨씬 작다. 화성은 표면이 녹으면서 붉은색에서 검은색으로 변할 수 있다. 지구는 어떻게 될까? 표면 온도가 4,000℃까지 올라가는 현상이 100시간 정도 지속되며 바다는 증발하고 대륙마다 표면 암석이 한 층 정도 녹아 버릴 것이다. 단지 이뿐이다.

이후 태양은 원래 상태로 빠르게 돌아올 테지만 질량을 잃었기 때문에 각 행성의 궤도가 약간씩 뒤로 이동할 수 있다. 물론 그것이 미치는 영향은 전자의 경우보다 더 작다. 지구를 예로 들면 기온이 서서히 내려가 평균 영하 110℃ 정도까지 떨어진다. 이 현상으로 녹아 버린 표면이 다시 응결하면 물과 대기를 얼마 정도 붙잡아 둘 수 있다.

당시 사람들 사이에서 인간과 신의 대화라는 우스갯소리가 유행했는데 그 내용은 이렇다.

"신이시여, 1만 년은 신께 얼마나 짧은 시간입니까?"

신이 말했다.

"1초에 불과하다."

"신이시여, 1억 원은 신께 얼마나 적은 금액입니까?"

"1원에 불과하다."

"신이시여, 그렇다면 제게 1원만 주시옵소서!"

인간의 말에 신이 답했다.

"1초만 기다려라."

지금은 태양이 인간에게 1초를 기다리게 하고 있다. 태양의 에너지 섬광이 일어나는 시간은 1만 8000년 이후로 예측된다. 그 1초는 태양의 입장에서 보면 그저 1초에 불과한 시간이지만 지구에 사는 인간에게 그 1초는 수많은 일이 새롭게 발생하고 심지어 철학적인 관념까지 만들어 낼 수 있는 시간이다. 물론 그 1초가 평소와 다를 바 없이 흐르진 않을 것이다. 인류 문화는 하루하루 냉소적으로 변해 가겠지만 적어도 400~500대에 걸친 시간이 있으니 차분하게 도망갈 방법을 찾을 수 있다.

두 세기 후, 인간은 항성 사이에 비행선을 발사해 100광년 이내에 이민 갈 수 있는 행성이 존재하는 항성을 찾고자 첫 번째 행동을 개시했다. 이 비행선의 이름은 '방주호'이고 우주 비행사들은 '선구자'라고 불렸다.

방주호는 60개의 항성, 다시 말해 60개의 지옥을 지나갔다. 그중 오직 하나의 항성만이 행성 한 개를 가지고 있었는데 직경은 8,000킬로미터이고 백열 상태의 액체 쇳물이라 움직이는 동안 끊임없이 모양이 바뀌었다. 방주호가 이번 항해로 얻은 유일한 성과는 인류의 고독을 다시 한번 증명한 것이었다.

방주호는 23년 동안 항해했지만 이는 어디까지나 '방주시간'이다. 비행선이 광속에 가까운 속도로 항해하고 있었으니 그 사이 지구시간으로 2만 5000년이 지났다.

방주호는 본래 정해 놓은 시간에 귀환할 수 있었다.

광속에 가까워지면 지구와 통신할 수 없기 때문에 통신을 하려면 속도를 광속의 절반 이하로 줄여야 했다. 하지만 이때 드는 에너지와 시간이 상당해서 방주호는 매달 한 번 속도를 줄여 지구에서 오는 정보를 받을 수밖에 없었다. 이런 식으로 방주호가 다음 달에 속도를 줄이면 지구가 100여 년 후에 보낸 정보를 받을 수 있었다. 방주호와 지구시간은 총기에 달린 고배율 조준경과 같아서 조준경을 살짝만 이동해도 목표물과 엄청난 거리 차이가 났다.

방주호가 받은 마지막 정보는 방주시간으로부터 항해를 한지 13년이 지난 후, 지구시간으로 항해를 시작한 지 1만 7000년이 됐을 때 지구에서 보낸 것이다. 1개월 후, 방주호는 다시 속도를 줄였지만 지구 방향에서 아무런 소리도 듣지 못했다. 1만 1000여 년 전 태양의 그 일을 계산하는 데 약간의 오차가 일어난 게 분명했다. 방주호의 이번 한 달이자 지구의 이번 100여 년에 그 일이 일어났다.

함께 했던 우주 비행팀들 중 방주호에는 이제 단 한 사람만 남았다. 선구자 일곱 명 중 네 명은 갑자기 폭발한 별에서 나온 방사능에 죽음을 맞이했고 두 명은 병으로 죽었다. 그리고 나머지 한 명은 마지막으로 속도를 줄이면서 통신하던 중 지구에서 아무 소리가 들리지 않자 권총으로 자살했다.

유일하게 살아남은 선구자는 지구와 통신하기 위해 유지하던 속도를 다시 광속까지 끌어 올렸다. 그러나 그는 마음속에 꺼져 가던 희망의 불꽃을 부여잡고 곧바로 다시 속도를 줄였다. 속도를 줄이면 줄일수록 귀환 여정은 길어졌다.

여전히 적막이 이어졌다.

방주호는 지구시간으로 여정을 시작한 지 2만 5000년 후에 태양계로 돌아왔다. 정해 놓은 시간보다 9,000년이나 늦었다.

녹아 버린 지구 문명

방주호는 명왕성 궤도를 건넌 후 태양계 깊은 곳으로 쉬지 않고 날아갔다. 항성 사이를 항해하는 비행선에게 태양계 항해는 국제선을 타고 항구 근처만 왔다 갔다 하는 것과 비슷했다. 태양은 금세 커져서 밝게 빛났다. 망원경 너머로 보이는 목성의 표면은 예전과 전혀 달랐다. 대적점은 더 이상 보이지 않았고 폭풍 무늬는 더 무질서해졌다. 선구자는 다른 행성으로 향하려던 계획을 모두 취소하고 곧장 지구를 향해 날았다.

선구자가 떨리는 손으로 버튼을 누르자 커다란 창을 가리고 있던 불투명한 금속 커튼이 천천히 열렸다.

'아, 나의 푸른 수정구, 우주의 푸른 눈동자, 푸른 천사……'

선구자는 두 눈을 감고 조용히 기도했다. 한참 후 그는 감고 있던 눈을 떴다.

선구자의 눈앞에는 검정과 하양이 뒤섞여 있는 지구가 있었다.

　검정은 녹았다가 다시 굳은 암석으로 마치 묘비 같았고, 하양은 증발 후 얼어 버린 바다로 송장이 입는 수의 같았다.

　방주호는 낮은 궤도로 진입해 검은색 대륙과 흰색 바다 위를 천천히 건너갔다. 그사이 선구자는 그 어떤 흔적도 찾지 못했다. 모든 것이 녹아 버렸고 문명은 연기처럼 사라졌다.

　'기념비는 남겼을 거다. 4,000℃ 고온에도 녹지 않고 버티는 기념비를.'

　선구자가 이 생각을 하던 찰나에 마침 기념비가 나타났다. 컴퓨터는 지면에서 받은 영상 신호를 화면에 띄웠다. 선구자는 먼저 고온 카메라로 찍은 2,000여 년 전의 대재난이 벌어지는 광경을 봤다. 에너지가 번쩍이던 순간, 태양은 그가 상상했던 것만큼 갑자기 밝아지지는 않았다. 태양이 분출한 에너지는 주로 비가시광선으로 나왔다.

　선구자는 파란 하늘이 갑자기 지옥 같은 붉은색으로 변하다 악몽 같은 자줏빛으로 변하는 광경을 봤다. 그는 이어서 도시에서 볼 수 있는 낯익은 고층 빌딩 숲이 수천 ℃나 되는 고온에 짙은 연기를 내뿜다가 숯처럼 검붉은빛을 내더니 촛불처럼 녹아 버리는 광경도 봤다. 이글이글 끓어오르는 마그마는 높은 산에서 흘러내려 거대한 폭포를 만들고 무수히 많은 마그마 폭포가 이룬 선홍빛 마그마 강이 홍수처럼 대지에 범람했다. 본래 바다였던 곳에는 증기가 만든 거대한 버섯구름이 형성됐다. 이 험상궂게 생긴 구름의 아랫부분은 이글거리는 마그마에 비쳐 붉게 물들었고, 윗부분은 하늘의 자줏빛을 내비치면서 순식간에 커졌다 금세 하나도 남김없이 증기 속으로 사라졌다.

증기가 흩어진 후 사물이 보이기 시작한 것은 몇 년이 지난 후였다. 당시 녹아내리던 대지가 냉각되기 시작했고 검은색 물결무늬의 암석이 모든 것을 뒤덮었으며 대지를 따라 그물처럼 뒤엉킨 채로 흐르는 마그마도 보였다. 인류의 흔적은 그 어디서도 찾을 수 없었고 문명은 일장춘몽처럼 온데간데없이 사라졌다. 몇 년이 지난 후, 고온 상태에서 분해된 산소와 수소가 다시 물로 합성되더니 하늘에서 폭우가 쏟아져 뙤약볕이 내리쬐는 대지에 증기가 자욱하게 올라왔다. 세계는 찜통 속처럼 어둡고 후텁지근하고 꿉꿉했다.

이후 수십 년 동안 쉬지 않고 내린 폭우에 대지는 냉각되고 바다는 천천히 모습을 회복했다. 다시 수백 년이 흐른 후, 바다가 증발하면서 형성됐던 검은 구름이 마침내 흩어지고 파란 하늘과 태양이 얼굴을 내밀었다. 그리고 다시 시간이 흘러 지구궤도가 원래의 궤도 밖으로 이동하면서 기온이 급격하게 떨어졌

다. 큰 바다가 꽁꽁 얼어붙었고 하늘은 구름 한 점 없었다. 죽어
버린 세상이 엄동설한에 고요해졌다.

선구자는 이어서 나오는 도시의 이미지를 봤다. 먼저 스크린
에 길고 가늘게 뻗은 빌딩 숲이 나왔다. 이어 렌즈가 빌딩 숲 위
에서 아래로 내려오면서 광장이 나타났다. 광장에는 사람들로
인산인해를 이뤘다. 더 아래로 내려가더니 모든 사람이 하늘을
바라보는 광경이 보였다. 렌즈는 마지막으로 광장 한가운데에
있는 단상에서 멈췄다. 단상에는 십 대로 보이는 아름다운 여자
아이가 서 있었다. 그녀는 선구자를 향해 손을 흔들며 애교 넘
치는 목소리로 말했다.

"저기요, 우리는 당신을 봤어요. 굉장히 빨리 나는 별인 줄
알았어요! 당신은 방주 1호죠?"

여정의 마지막 몇 년 동안 선구자는 대부분의 시간을 가상현
실 게임을 하면서 보냈다. 선구자의 대뇌 신호를 받는 컴퓨터
는 그의 생각을 바탕으로 3D 화면을 구성했다. 화면 속의 사람
과 사물은 그의 생각에 따라 제한적으로 활동했다. 선구자는 홀
로 남은 적막한 비행선에서 가정부터 왕국까지 무수히 많은 가
상 세계를 건설해 봤기 때문에 한눈에 이것이 가상현실을 구현
한 화면임을 알아차렸다. 그런데 지금 보이는 이 가상현실 화면
은 엉성하기 짝이 없었다. 대뇌의 생각이 종잡을 수 없다거나 상

상으로 만든 화면에 오류가 있으면 이런 현상이 종종 나타나기는 하지만 지금 보는 이 화면처럼 이상한 부분이 많지는 않았다.

먼저 카메라 렌즈가 마천루를 이동하면서 찍은 화면 중에 옥상 굴뚝에서 빠져나온 사람들이 수백 미터나 되는 높은 곳에서 그대로 뛰어내리는 장면이 있었다. 보기만 해도 아찔한 상황이었으나 사람들은 어디 하나 다치지 않고 땅으로 가볍게 내려왔다. 또한 땅에 있는 수많은 사람이 도술을 부리듯 단숨에 몇 층이나 되는 높이까지 뛰어올라 매 층마다 설치된 작은 발판에 사뿐히 올랐다.

이 사람들은 다시 몇 층을 더 뛰어오르더니 건물 옥상에 있는 굴뚝 안으로 쏙 들어갔다. 마천루에는 문과 엘리베이터가 없어서 이러한 방법으로 건물 안을 출입하고 있었다.

카메라 렌즈가 광장으로 옮겨 왔을 때 선구자는 구름떼같이 모인 사람들 속에서 끈에 매달린 직경 1미터가 넘는 수정구 몇 개를 봤다. 사람들이 손을 내밀어 수정구의 일부를 잡아 떼어내자 모양이 일그러졌던 영롱한 수정구가 금세 원래 모양으로 돌아왔고 일부는 작은 수정구로 변했다. 이어 사람들은 이 투명한 수정구를 입 속에 쏙 넣었다.

이렇게 확연히 눈에 띄는 오류 외에도 이 화면을 만들어 낸 사람의 비정상적이고 혼란스러운 생각을 가장 잘 반영한 부분이 있었다. 이 도시의 모든 공간에는 기형적인 물체가 떠다니고 있었는데 큰 것은 2~3미터 정도 됐고 작은 것은 0.5미터 정도 됐으며 어떤 것은 조각난 해면을 닮았고 또 어떤 것은 구부러진 큰 나뭇가지 같았다. 천천히 떠다니던 이 이상한 물체 가운데 나뭇가지 같이 생긴 것이 단상 위에 서 있는 여자아이에게 날아갔다. 그 아이가 손으로 가볍게 밀쳐 내자 나뭇가지 모양의 물체는 다른 방향을 향해 멀리 날아갔다. 선구자는 이 상황을 충분히 이해했다. 멸망에 다다른 세상에서 사람들이 어찌 정상적이고 이성적인 사고를 할 수 있었을까.

이것은 대재난이 일어나기 전, 사람들이 땅 밑 깊은 곳에 묻어 두어 고온과 방사선을 피한 다음 멸망한 세계가 한결 잠잠해지면 자동으로 땅 위로 올라오게 한 일종의 자동 장치일 수 있다. 이 장치의 용도는 쉬지 않고 우주를 관찰하다 지구로 돌아온 비행선을 감지하면 바로 이 장면을 전송해서 선구자들에게 난감하면서도 익살맞은 위안을 주려는 데 있었을 것이다.

"다른 방주호에도 전송한 적이 있다는 말인가요?"

선구자가 물었다.

"물론이죠. 열두 척에 전송했지요!"

여자아이가 대답했다. 이 말도 안 되는 황당한 화면만 제외하면 아이가 만든 것 치고는 꽤 잘 만든 화면이었다. 동서양의 섬세한 아름다움이 동시에 담긴 얼굴에 천진난만함이 비쳤다. 이 아이가 바라보는 우주는 마치 커다란 장난감처럼 보였나 보다. 아이의 커다란 눈망울은 마치 노래하는 것 같았고 무중력 속에서 영원히 붕 떠 있을 것 같은 긴 머리카락을 보니 인어공주가 연상됐다.

"그럼 사람들은 아직 살아 있나요?"

선구자는 마지막 희망에 불을 붙여 보고자 질문을 했다.

"당신 같은 사람 말인가요?"

아이가 천진난만한 표정을 짓고는 되물었다.

"네. 저처럼 진짜 사람 말이에요. 당신처럼 컴퓨터가 만든 가상의 사람 말고요."

"방주호 한 척이 730년 전에 돌아왔어요. 당신이 마지막으로 귀환한 방주호예요. 우주선 안에 여자가 있나요?"

"저 혼자만 남았어요."

"여자가 없다는 말인가요?"

아이는 놀랐는지 두 눈이 휘둥그레졌다.

"네, 저뿐이에요. 아직 돌아오지 않은 우주선이 있나요?"

여자아이는 두 손을 가슴에 얹고는 말했다.

"없어요! 정말 슬퍼요. 당신이 마지막 남은 인류예요. 만약, 흑흑…… 복제하지 않았다면…… 흑흑…….."

아이는 두 손으로 얼굴을 감싸고 울기 시작했다. 이어서 광장에 있던 사람들도 따라 울었다.

선구자는 마음이 무거워졌다. 인류의 멸망은 사실이었다.

"왜 제가 누구인지 묻지 않죠?"

아이는 선구자를 바라보며 물었다. 조금 전의 슬픔을 모두 잊었는지 다시 천진난만한 표정이었다.

"관심 없어요."

"저는 지구의 지도자라고요!"

아이는 애교 섞인 목소리로 크게 말했다.

"맞아요. 그녀는 지구연합정부의 최고집정관이에요!"

조금 전까지 슬픔에 빠져 있던 사람들이 흥분한 목소리로 외쳤다. 그야말로 서투르기 짝이 없는 결과물들이었다.

무료한 게임이 지겨워진 선구자는 자리에서 일어났다.

"어쩜 이럴 수 있죠? 수도에 있는 모든 시민이 당신을 환영하고 있는데. 우리를 버리고 가지 말아요!"

아이는 울먹이며 소리쳤다.

선구자는 순간 무엇이 떠올랐는지 물었다.

"인류에게 남아 있는 게 있습니까?"

"우리의 안내에 따라 착륙하세요. 그럼 알게 될 거예요!"

검은 황야 위 투명한 반구

착륙선에 탄 선구자는 방주호를 궤도에 남겨 두고 신호의 안내에 따라 착륙하기 시작했다. 입체 영상 안경을 끼면 정보파가 전송해 주는 화면을 볼 수 있었다.

"이제 곧 지구의 수도에 도착해요. 지구에서 가장 큰 도시는 아니지만 가장 아름다운 도시라 자신합니다. 분명 좋아하실 거예요! 착륙 지점은 도시에서 조금 멀리 떨어져 있어야 해요. 우리는 다치는 걸 원치 않으니까요."

자칭 지구의 지도자라는 여자아이가 화면 속에서 쉬지 않고 말을 이어갔다.

선구자가 안경 속에 나오는 화면을 바꾸자 착륙선 바로 아래 지점을 보여 주는 영상이 나왔다. 이제 고도 1만여 미터만 남았다. 착륙선 아래는 검은빛 황야였다.

잠시 후 화면에 보이는 모습은 더 말도 안 되는 엉터리였다. 아마도 수천 년 전 화면을 만든 사람의 절망적인 감정이 극에 달했거나 화면을 쏘는 컴퓨터의 메모리가 수천 년의 긴 세월을 지나면서 노화됐기 때문이리라. 화면 속 여자아이가 노래를 부르기 시작했다.

아, 존경하는 사자여, 당신은 거대기원에서 왔습니다!
찬란한 거대기원,
위대한 거대기원,
아름다운 거대기원,
당신은 활활 타오르는 불 속에서 서서히 사라지는 꿈······.

여자아이는 노래를 부르다 춤을 추기 시작했다. 그러다 단상에서 수십 미터나 되는 허공으로 뛰어올랐다가 내려온 다음 다시 뛰어오르기를 반복하니 어느새 광장의 절반을 날았다. 이어서 광장 가장자리의 고층 건물 옥상에서 다시 뛰어올라 광장 전체를 날았다 다시 내려오는 모습이 활기차 보였다. 여자아이는 공중에서 몇 미터 길이의 큰 나뭇가지를 잡아 타고 광장에 모인 수많은 사람들 머리 위를 빙빙 돌았다. 소녀가 회전하는 모습은 무척이나 아름다웠다.

광장에 있던 사람들은 모두 큰 소리로 외쳤다.

"거 대 기 원! 거 대 기 원!"

공중으로 가볍게 뛰어오른 사람들의 모습이 진동팬 위에 떨어진 모래알과 같았다.

선구자는 더 이상 참고 보기가 힘들어 음성과 영상을 모두 꺼버렸다. 대재난이 일어나기 전, 지구에 있던 사람들이 시간과 공간을 뛰어 넘은 생존자들을 질투한 나머지 이와 같은 비정상적인 것들로 선구자들을 괴롭히려 한 건 아닐까 생각했다.

화면을 보며 느꼈던 고통과 괴로움이 사라질 즈음 착륙선이 지면에 닿으면서 진동이 전해져 왔다. 순간 그는 혼란스러웠다. 고공에서 잘 보이지 않던 도시에 정말 착륙한 건가? 착륙선에서 나와 끝이 보이지 않는 검은 황야에 서니 조금 전의 혹시나 하는 마음은 사라지고 실망감에 온몸이 얼어붙었다.

쓰고 있던 마스크를 벗으니 선구자의 얼굴에 차가운 기운이 스쳐 갔다. 공기는 희박했지만 호흡이 불가능할 정도는 아니었다. 기온은 영하 40℃ 정도였다. 하늘은 대재난이 일어나기 전에 여명과 황혼에서 볼 수 있었던 짙은 코발트빛을 띠고 있었다. 선구자는 장갑을 벗어 머리 위에 내리쬐는 햇살에 손을 대봤지만 열기는 전해지지 않았다. 공기가 희박한 까닭에 햇빛의 산란이 약해서 하늘에 떠 있는 밝은 별만 몇 개가 보였다.

발 아래에는 굳은 지 이제 막 2,000년 정도 된 대지 위에 마그마가 흐르면서 생긴 물결 모양이 선명하게 모습을 드러내 놓고 있었다. 지면은 풍화가 시작됐지만 여전히 딱딱해서 흙을 찾기가 어려웠다. 이 물결 모양을 띤 대지는 하늘을 향해 솟아 있었는데 그중에는 작디작은 구릉도 있었다. 다른 방향을 보니 얼음이 가득한 바다가 지평선에서 반짝이고 있었다.

선구자는 주변을 자세히 살펴보다 정보파를 발사한 곳을 발견했다. 그곳에는 지면의 암석 속에 박힌 반구 모양의 투명한 덮개가 있었다. 직경은 약 1미터 정도였고 반구 덮개 아래는 복잡한 구조로 연결돼 있었다. 멀리 떨어져 있는 지면에는 2, 3미터 거리마다 이와 비슷한 투명 반구가 있었는데 그 모습이 마치 햇빛을 반사하는 물방울 같았다.

선구자는 왼쪽 렌즈에서 보이는 화면을 켰다. 가상세계 속에서는 염치를 모르는 어린 사기꾼이 여전히 공중에서 큰 나뭇가지를 타고 있었다. 그녀는 흥에 겨워 노래를 부르고 춤을 추다 갑자기 선구자에게 손으로 키스를 날려 보냈다. 광장에 모인 사람들은 모두 그를 환호했다.

위대한 거대기원!

낭만적인 거대기원!

우울한 거대기원!

연약한 거대기원!

선구자는 우두커니 서 있었다. 짙푸른 하늘에는 태양과 별들이 반짝이고 있었다. 온 우주가 마지막으로 남은 인류인 그를 둘러싸고 있었다.

고독이 눈덩이처럼 몰려와 선구자를 덮쳤다. 무릎을 꿇은 그는 손으로 얼굴을 감싼 채 울기 시작했다.

그 순간 갑자기 노랫소리가 멈추고 가상 화면 속 사람들이 관심 어린 눈빛으로 그를 쳐다봤다. 나뭇가지를 타고 있던 여자아이가 웃음을 터트렸다.

"어쩜 인간에 대한 믿음이 그렇게 없을 수 있죠?"

이 말에 선구자는 흠칫 놀랐다. 그는 무엇인가 떠올랐는지 벌떡 일어섰다. 왼쪽 렌즈 화면에 보이는 도시는 어둠에 싸여 있었다. 먹구름이 잠깐 하늘을 가린 것 같았다. 이어서 선구자가 몸을 조금 움직이자 도시는 바로 밝아졌다. 그는 투명 반구로 다가가 몸을 굽혀 안을 살펴봤다. 선명하지는 않지만 빽빽하고 미세한 구조물이 보였다. 왼쪽 렌즈에 나타난 화면에는 도시의 하늘이 거대한 무언가에 가려져 있었다.

그것은 바로 선구자, 그의 얼굴이었다.

"우리는 선배가 보여요! 선배도 우리가 잘 보이나요? 돋보기를 가져오세요."

여자아이가 소리치자 광장에 모인 사람들이 다시 웅성거렸다.

선구자는 그제야 모든 것이 명확해졌다. 고층 건물에서 뛰어내리던 사람들은 초소형 세계에 살고 있기 때문에 중력에 따른 부상을 전혀 입지 않았다. 반대로 고층 건물을 가볍게 뛰어오를 수도 있었다.

그가 본 커다란 수정구는 알고 보니 물이었다. 초소형 세계라서 물의 표면장력은 영향을 받지 않았다. 그래서 이곳 사람들은 작은 물방울에서 더 작은 물방울을 떼어 내 먹었다. 또한 여자아이가 타고 있던 커다란 나뭇가지를 포함해 도시 공간을 날아다니던 수 미터 길이의 이상한 물체는 공기 중에 부유하는 미세한 먼지였다.

이 도시는 가상세계가 아니었다. 2만 5000년 전 인간이 살았던 도시와 마찬가지로 실제 존재하는 세상이었다. 이 세상은 직경 1미터 반구 모양의 투명한 유리막 속에 있었다.

인간은 살아 있었고, 문명도 이어지고 있었다.

초소형 도시의 지구연합정부 최고집정관을 맡고 있는 여자아이가 나뭇가지를 타고 그들의 세상을 가득 채우고 있는 선구자

에게 당당하게 손을 내밀었다.

"선배, 미세기원에 오신 것을 환영합니다."

십억분의 일로 줄어든 인간

"대재난이 일어나기 전 1만 7000년 동안 인류는 도망갈 수 있는 방법이란 방법은 모두 찾았어요. 그중에서 가장 쉬운 방법은 다른 항성이 존재하는 곳으로 삶의 터전을 옮기는 것이었죠. 하지만 선배가 탄 우주선을 포함한 그 어떤 방주호도 생활이 가능한 행성을 둔 항성을 찾지 못했어요. 설령 찾았다 하더라도 대재난이 일어나기 한 세기 전 인류가 보유한 기술로는 전체 인구 중 천분의 일의 사람도 이주하지 못했죠. 지층 깊은 곳으로 옮겨 가 태양의 에너지 섬광을 피한 후 다시 지표로 나오는 방법도 있었어요. 그러나 이것은 죽음을 연장하는 과정일 뿐이었어요. 대재난이 일어난 후 지구의 생태계가 완전히 파괴되면 인류는 생존할 수 없게 되니까요."

여자아이가 이어서 말했다.

"한동안 사람들은 절망에 빠졌어요. 그러다 유전자를 연구하는 한 과학자에게 좋은 방법이 떠올랐어요. 인간의 부피를 지금보다 10억 배로 줄이면 어떨까? 인간 사회를 10억 배 줄여 초소형 생태계를 만들면 아주 적은 자원으로도 생존할 수 있잖아요. 사람들은 이것이야말로 인류 문명을 구원할 유일한 방법이라고 생각했어요.

하지만 이 방법을 실현하기 위해서는 두 가지 기술이 필요했어요. 먼저 유전공학이에요. 유전자를 변형해서 인간을 세포 하나 크기인 10미크론으로 작게 축소하면서도 신체 구조에는 전혀 변화가 없어야 해요. 이 기술은 얼마든지 실현 가능했어요. 사람과 세균의 유전자는 본래 큰 차이가 없잖아요. 두 번째는 나노 기술이에요. 20세기부터 발전해 온 기술이죠. 당시 이미 세포 크기 정도의 발전기가 있었기 때문에 이후 나노미터 로켓에서 전자레인지까지 모든 것을 다 만들어 냈어요. 다만 나노 기술을 연구하는 과학자들은 자신들이 만든 제품이 최종적으로 어디에 쓰일지는 꿈에도 몰랐을 거예요.

처음으로 만든 초소형 인간들은 복제 세포와 유사했어요. 사람의 세포 하나에서 유전 정보를 추출한 후 주체와 완전히 일치하는 초소형 인간을 만들어 냈는데 부피는 주체의 십억분의 일에 불과했어요. 이후 그들은 초대형 인간('초소형 인간'은 기존의 인간을 이렇게 불렀고, 그들이 살던 시대를 '거대기원'이라고 했다)과 마찬가지로 출산과 자손 번식이 가능해졌어요."

여자아이는 다시 말을 이었다.

"제1 대 초소형 인간은 극적으로 등장했어요. 어느 날, 선배의 우주선이 떠난 후 1만 2000년쯤 됐을 거예요. 텔레비전에 교실이 하나 나왔어요. 학생 서른 명이 수업을 하고 있는 흔한 화면이었죠. 지극히 평범한 학생이었고 평범한 교실이었어요. 특별한 것이라고는 찾아볼 수 없었죠. 잠시 후 카메라 앵글이 점점 멀어진 후에야 사람들은 이 교실이 현미경으로 찍은 장면이라는 걸 알았어요."

선구자가 최고집정관의 말을 끊었다.

"초소형 인간은 대뇌가 작은데 어떻게 초대형 인간과 지능이 같을 수 있지?"

"우리를 바보로 보는 건 아니죠? 고래도 선배보다 똑똑하지 않잖아요! 지능은 대뇌의 크기로 결정되는 게 아니에요. 초소형 인간의 대뇌에 있는 원자 수와 양자 수를 놓고 보면 정보처리 능력은 초대형 인간의 대뇌처럼 뛰어나다고요. 선배가 탔던 비행선을 돌아봐도 될까요?"

"물론이다. 오히려 내가 영광이지. 그런데⋯⋯ 무얼 타고 가지?"

"잠시 기다리세요!"

최고집정관은 프로펠러가 달린 깃털 같은 희한하게 생긴 비행체에 올라탔다. 이어서 광장에 있는 사람들도 깃털에 서로 올라타려고 허공으로 뛰어올랐다. 초소형 인간의 사회는 아무리 봐도 계급이라는 개념이 없어 보였다. 군중 속에서 무작위로 올라온 사람들은 일반 사람임이 분명했다.

나이와 상관없이 흥분해서 떠들썩한 그들의 모습은 최고집정관처럼 어린아이 같았다. 깃털에 사람이 꽉 차자 다른 깃털이 나타났다. 여기에도 사람들이 꽉 차면 또 다른 깃털이 나타났다. 도시의 하늘에는 초소형 인간을 잔뜩 태운 수백 개의 깃털로 가득했다. 사람들은 최고집정관의 지도하에 한 방향으로 힘차게 날아갔다.

선구자는 투명 반구 속 초소형 도시를 다시 한번 자세히 관찰한 후에야 고층 건물들을 구분할 수 있었다. 얼핏 보기에 이 건물들은 곧게 서 있는 빽빽한 성냥갑 뭉치 같았다. 다음으로 선구자는 온 신경을 눈에 모으고 깃털을 닮은 초소형 교통수단을 살펴봤다. 초소형 인간이 타는 깃털은 맑은 물에 떠다니는 하얀색 작은 입자와 같아서 수백 개가 한 무리로 모여 있으면 형체를 전혀 알아볼 수 없었다. 그러니 육안으로 초소형 인간을 보는 건 완전히 불가능했다.

안경 왼쪽 렌즈에는 초소형 촬영사가 상상할 수도 없이 작은 초소형 비디오카메라로 실시간 촬영한 화면이 나타났는데 화질이 놀라울 정도로 선명했다. 이 촬영사도 깃털에 타고 있었다. 초소형 도시에서는 충돌 사고가 빈번하게 발생했다. 고속으로 비행하는 깃털은 공중에 날아다니는 거대한 먼지와 부딪히거나 심지어 높이 솟은 고층 건물과 충돌하기도 했다. 그러나 비행체와 탑승자들은 다친 데 없이 무사했기 때문에 충돌에 신경 쓰는 사람은 거의 없었다.

이는 물체의 크기가 작을수록 강도가 커진다는 물리 이론을 알고 있다면 쉽게 이해할 수 있는 부분이다. 한 예로 두 자전거가 충돌하는 것과 만 톤 이상인 배가 서로 충돌하는 것은 결과부터가 완전히 다르다. 같은 원리로 두 먼지가 부딪친다고 해서 무슨 문제가 생기겠는가. 초소형 세계의 사람들은 부상을 전혀 두려워하지 않았다.

사실 고층 건물에서 뛰어나와 지나가는 깃털 무리 중 하나에 안착하는 게 말처럼 쉬운 일은 아니다. 누군가는 깃털에 타지 못하고 수백 미터 높이에서 추락하기도 한다. 이 장면을 보던 선구자는 현기증이 났다. 그러나 추락하는 초소형 인간은 태연한 표정으로 건물 창문에 보이는 지인과 인사를 나누는 등 여유를 부렸다.

"아, 선배의 눈에 검은 바다처럼 깊고 깊은 우울함이 담겨 있네요! 선배가 우리 도시를 우울함으로 가득 채워 박물관으로 만들었어요. 흑흑흑……."

슬픔에 가득 찬 최고집정관이 흐느껴 울기 시작했다. 곧이어 사람들도 그녀를 따라 울었고 그들이 타고 있는 깃털이 고층 건물 여기저기에 부딪쳤다.

선구자도 왼쪽 렌즈를 통해 도시의 하늘에 있는 자신의 거대한 눈을 봤다. 수억 배로 확대된 눈에 비친 우울함을 보고 선구자 자신도 소스라치게 놀랐다.

"어째서 박물관인 거지?"

선구자가 물었다.

"박물관에서만 우울을 볼 수 있으니까요. 미세기원에는 어떠한 우울함도 걱정도 없어요!"

최고집정관은 큰 소리로 환호했다. 눈물이 아직 마르지 않았지만 얼굴 어디서도 슬픔의 흔적을 찾아볼 수 없었다.

선구자는 미세기원에 사는 인간들의 감정 변화가 거대기원보다 수백 배 빠르다는 사실을 발견했다. 특히 그들은 여러 감정 중에서도 슬픔과 우울과 같은 부정적인 감정에서 순식간에 벗어날 줄 알았다. 선구자는 이 부분이 놀랍고도 신기했다. 미세기원에는 부정적인 감정이 극히 드물기 때문에 이 감정들을 희귀하게 여기고 기회만 되면 체험해 보고 싶어 했다.

"어린아이같이 우울해하지 마세요. 금세 눈치 챘겠지만 미세기원에는 우울과 근심 같은 건 없어요!"

이 말을 듣고 선구자는 적잖이 놀랐다. 초소형 인간의 감정은 초대형 아이들 수준이겠거니 생각했다. 그런데 지금 보니 초대형 아이들이 감정을 몇 배나 과장해야 그들과 비슷한 수준이 될 수 있었다.

"그 말은, 미세기원에 사는 사람은 나이가 들수록…… 유치해진다는 말인가?"

"나이가 들수록 즐거워진다는 뜻이에요!"

최고집정관이 대답했다.

"맞습니다. 미세기원에서는 나이가 들수록 즐거움이 가득하다고요!"

사람들이 큰 소리로 따라 외쳤다.

"하지만 우울함도 아름다워요. 달빛에 비치는 호수처럼 말이에요. 우울은 거대기원의 아름다운 전원을 배경으로 한 사랑이에요. 흑흑흑…….″

최고집정관은 다시 슬픔에 가득 찬 목소리로 말했다.

"맞아요. 얼마나 아름다운 시대였다고요!"

사람들도 눈물을 뚝뚝 흘리면서 따라 외쳤다.

선구자는 이 말을 듣고 웃었다.

"너희는 우울함이 무엇인지 전혀 모르고 있어. 초소형 인간들이여, 진정으로 우울할 때는 눈물이 나지 않아."

"우리에게 체험하게 해 주세요!"

최고집정관은 또 다시 기쁜 상태로 돌아왔다.

"그건 불가능해."

선구자는 가벼운 한숨을 내쉬었다.

"보세요. 이것은 거대기원의 기념비예요!"

깃털 무리가 다른 도시의 광장으로 날아갈 때쯤, 최고집정관이 기념비를 소개했다. 기념비는 굵고 큰 검정 기둥이었다. 과거 거대한 텔레비전 송신탑만큼 컸고 표면에는 무수히 많은 검정 기와가 물고기 비늘처럼 겹쳐 있었다. 선구자는 우뚝 솟아 있는 기념탑을 바라보다 한참이 지난 후에야 그것이 초대형 인간의 머리카락임을 알았다.

세계를 다스리게 된 미세기원

깃털 무리가 반구형 투명 덮개의 보이지 않는 출구에서 나왔다. 최고집정관은 영상 화면을 통해 선구자에게 말했다.

"우리는 선배의 착륙선에서 100여 킬로미터 떨어져 있어요. 선배의 손가락에 착륙할게요. 그러면 저희를 조금 더 빨리 데려갈 수 있을 거예요.

'측량 단위도 축소했구나.'

선구자는 멀지 않은 곳에 떨어져 있는 착륙선을 바라보며 속으로 생각했다.

그가 손가락을 내밀자 하얀 깃털 무리가 그 위에 착륙했다. 그 모습은 마치 손가락 위에 작은 가루가 떨어지는 것 같았다.

화면에 나타난 선구자의 지문은 반투명한 산맥처럼 보였고, 그 위에 착륙하는 깃털 비행기는 매우 작았다. 최고집정관이 가장 먼저 깃털에서 뛰어내리다 뒤로 벌러덩 넘어졌다.

"선배 피부는 지성이라 너무 미끄러워요!"

그녀는 원망 섞인 목소리로 투정하고는 신발을 벗어 멀리 휙 던져 버렸다. 이어서 호기심이 발동했는지 맨발로 여기저기 돌아다녔다.

잠시 후 하나둘 깃털에서 내려오는 사람들로 선구자의 손가락은 인산인해를 이루었다. 어림잡아 1만여 명 정도가 손가락 위에 있었다.

자리에서 일어난 선구자는 손가락을 뻗은 채 조심스럽게 착륙선으로 다가갔다.

착륙선에 들어가자마자 초소형 사람들 중에 누군가 외치는 소리가 들렸다.

"와, 금속 하늘을 보세요. 인공 태양이에요!"

"무슨 저런 걸로 놀라고 그래? 바보 같이! 저건 작은 거잖아. 위에 있는 게 더 크네!"

최고집정관은 사람들을 꾸짖었지만 사실 그녀도 이곳저곳 구경하느라 바빴다. 잠시 후 사람들이 요상한 그 노래를 다시 부르기 시작했다.

찬란한 거대기원,

위대한 거대기원,

우울한 거대기원,

당신은 활활 타오르는 불 속에서 서서히 사라지는 꿈…….

착륙선이 방주호로 돌아가는 동안 최고집정관은 미세기원의 역사에 관해 쉬지 않고 설명했다.

"한때 미세사회와 거대사회가 한 시대에 공존했어요. 당시 초소형 인간은 초대형 인간의 지식을 습득했고 그들의 문화를 계승하고 있었죠. 여기에 그치지 않고 초소형 인간은 나노 기술을 바탕으로 선진적인 기술 문명을 발전시켰어요.

거대기원에서 미세기원으로 가는 과도기는 대략, 음…… 스무 세대가 걸렸어요. 이후에 대재난이 다가올 때쯤 초대형 인간은 더 이상 예전처럼 아이를 낳지 않았어요. 그 결과 하루하루 인구가 감소했죠. 그들과 달리 초소형 인간은 인구가 급격하게 증가하면서 사회 규모가 빠른 속도로 커졌고, 얼마 지나지 않아 그 규모가 초대형 인간을 넘어섰어요.

그러자 초소형 인간은 초대형 인간에게 세계를 다스릴 권력을 넘기라고 요구했어요. 이에 초대형 인간들 사이에서 큰 논쟁이 일어났는데 그중에서 보수파는 정권을 넘겨줄 수 없다며 단칼에 거절했죠. 세균들에게 어떻게 세계의 주도권을 넘겨줄 수

있냐고 했대요. 결국 초대형 인간과 초소형 인간 사이에 세계대
전이 일어났어요!"

선구자는 최고집정관 이야기에 마음이 아팠다.

"너희들에게 매우 불행한 일이었겠구나."

"아니요. 불행했던 사람들은 초대형 인간이었어요. 우리가
단숨에 이겼거든요."

"그게 어떻게 가능하니? 초대형 인간 한 명이 망치를 들고 내
리쳐도 초소형 인간 수백만 명이 사는 도시 하나쯤은 거뜬히 부
숴 버릴 수 있었을 텐데."

"초소형 인간은 도시에서 전쟁을 벌이지 않았어요. 초대형
인간의 무기는 초소형 인간처럼 보이지 않는 적과 대적하지 못
해요. 그들이 사용할 수 있는 유일한 무기는 소독제였어요. 하
지만 전체 문명사를 보세요. 소독제는 세균을 이기지 못했잖아
요. 그들이 싸우려는 대상은 그들과 지능 수준이 비슷한 초소형
인간이라고요. 그러니 승리는 불가능했지요.

초대형 인간들에게는 초소형 인간이 조직한 군대가 어디로
이동하는지 보이지 않아요. 그러나 초소형 인간은 초대형 인간
이 사용하는 컴퓨터의 칩을 쉽게 망가뜨릴 수 있어요. 컴퓨터가
없으면 그들이 할 수 있는 게 뭐가 있을까요? 덩치가 크다고 강
한 건 아니라고요."

188

"지금 생각해 보니 그렇구나."

"세계대전을 일으킨 전범자들은 죗값을 톡톡히 받았어요. 초소형 인간으로 구성된 특수부대 수천 명이 레이저 드릴을 가지고 그들의 망막에 낙하했죠."

최고집정관은 매서운 표정으로 말했다.

"전쟁 후 초소형 인간이 세계의 권력을 잡으면서 거대기원은 끝이 나고 미세기원이 시작됐어요!"

"정말 흥미로운 이야기로구나."

착륙선이 가까운 궤도에 있는 방주호에 진입했다. 초소형 인간은 깃털을 타고 여러 곳을 돌아다니다 방주호의 크기에 입을 다물지 못했다. 선구자는 그들이 감탄하는 말을 듣고 싶어 귀를 쫑긋 세웠다. 그때 최고집정관의 말소리가 들렸다.

"태양의 빛 에너지가 없어서 거대기원은 죽은 거예요. 초대형 인간의 자원 소비량은 우리의 수억 배라고요!"

"하지만 이 비행선은 광속에 가까운 속도로 비행해서 수백 광년 떨어진 항성에 갈 수 있어. 얘야, 이 일은 거대기원만이 할 수 있단다."

"그래요. 우리는 아직 거기까지는 못 해요. 우리 비행선은 현재 광속의 십분의 일까지만 갈 수 있거든요."

"너희도 우주 비행을 할 수 있니?"

선구자는 아연실색했다.

"물론 초대형 인간만큼은 아니에요. 미세기원의 비행선 대원이 가장 멀리 간 곳은 금성이에요. 최근에 그들이 보낸 정보를 보니 그곳이 지구보다 살기에 적합하다고 하더군요."

"너희 비행선은 얼마나 크니?"

"큰 건 거대기원의, 음…… 축구공만 해요. 그 비행선에 10여만 명이 탈 수 있어요. 작은 건 말이죠, 골프공만 해요. 초대형 인간들의 골프공이요."

그 순간 선구자에게 마지막으로 남은 알량한 우월감마저 무너졌다.

"선배, 손님이 왔는데 저희에게 아무것도 대접하지 않으시네요? 배고프단 말이에요!"

깃털 비행기가 모두 방주호의 제어판 위로 모인 것을 보고 최고집정관이 그들을 대변해 이 같이 요구했다. 초소형 인간 수만 명이 선구자를 빤히 쳐다봤다.

"이렇게 많은 사람을 대접한 적이 없어서 말이지."

선구자가 멋쩍은 얼굴로 말했다.

"비싼 걸 달라는 게 아니잖아요!"

최고집정관은 살짝 짜증을 내며 말했다.

선구자는 저장소로 가서 고기 통조림을 가져왔다. 뚜껑을 열고 칼로 고깃덩어리를 잘게 썬 후 제어판 위에 있는 사람들 옆에 놔 주었다. 선구자는 스크린으로 보지 않아도 그들이 어디에 있는지 알 수 있었다. 제어판 위에 동전보다 약간 큰 둥근 구역이 바로 그들이었다. 유리에 입김을 분 것처럼 그들이 모여 있는 자리는 반질거리지 않고 다른 곳보다 뿌옜다.

"뭘 이렇게 많이 가져왔어요? 너무 낭비잖아요!"

최고집정관은 선구자를 꾸짖었다. 앞에 있는 대형 스크린에 사람들의 모습이 보였다. 최고집정관 뒤에 있던 그들은 높이 솟은 고기 산으로 달려들어 고깃덩어리를 한 움큼 쥐어서는 입에 넣었다. 그런데 제어판 위에서 보니 고깃덩어리는 전혀 줄지 않았다.

얼마 지나지 않아 모여 있던 사람들이 재빨리 흩어지는 모습이 스크린에 보였다. 어떤 사람은 고기를 먹다 말고 퉤 하고 뱉어 버렸다. 최고집정관도 고기를 한 입 먹은 후 고개를 절레절레 흔들었다.

"맛이 없어요."

그녀가 맛을 평가했다.

"그야 당연하지. 이건 연구실에서 합성한 고기라 맛이 없을 거야."

선구자는 괜히 미안한 마음이 들었다.

"우리 술 마셔요!"

최고집정관이 이번에는 술을 요구했다. 함께 있던 사람들이 순간 환호성을 질렀다. 선구자는 크게 놀랐다. 술은 미생물을 죽이지 않는가!

"맥주 마실래?"

선행자가 조심스럽게 물었다.

"아니요. 스카치위스키나 보드카 주세요!"

최고집정관이 말하자 이어서 누군가가 외쳤다.

"마오타이주*도 좋아요!"

마침 선구자에게 마오타이주가 한 병 있었다. 새롭게 이주할 행성을 찾으면 축하주로 마시려고 출항할 때부터 방주호에 보관해 두던 것이었다. 그는 흰색 도자기 병에 담겨 있는 마오타이주를 꺼내 뚜껑을 딴 후 조심스럽게 그 뚜껑에 술을 따랐다.

선구자는 스크린으로 시선을 옮겼다. 초소형 인간들은 높지 않은 암벽을 등반하듯이 술 뚜껑을 오르기 시작했다. 사람들의 크기와 비교하니 광택이 나는 병뚜껑은 거대한 돌출물처럼 보였다. 사람들은 높은 건물을 오르는 데 익숙해선지 뚜껑 꼭대기까지 금세 올라갔다.

---

* 수수를 주 원료로 하는 중국의 증류주

"와, 정말 맛있는 호수로군요!"

초소형 인간들은 한 목소리로 감탄했다. 스크린으로 보이는 광활한 술 호수는 표면장력 때문에 수면이 둥글게 아치 모양을 이루고 있었다. 초소형 인간 기자가 카메라를 들고 최고집정관을 따라다니며 그녀의 일거수일투족을 찍었다. 최고집정관은 손으로 술을 집어 마시다가 성에 안 찼는지 병뚜껑 가장자리에 앉아 하얗고 작은 발로 술을 휘휘 저었다. 그러고 나서 발에 묻은 투명한 술 방울을 한 방울 두 방울 손으로 떼서 입에 쏙 넣었다.

"와! 거대기원의 술이 미세기원보다 훨씬 맛있어요."

최고집정관은 만족했는지 고개를 끄덕였다.

"너희보다 좋은 게 있다니 기쁘구나. 그건 그렇고 발로 술을 마시는 건 비위생적인데."

"무슨 뜻인지 모르겠어요."

그녀는 무슨 말인지 이해하지 못했다.

"그 발로 계속 걸어 다녔잖아. 발에 병균이 있을 거야."

"아, 생각났어요!"

최고집정관은 옆에 있던 수행원이 건네준 상자를 열었다. 그 안에는 살아 있는 물체가 있었다. 둥근 축구공 크기에 셀 수 없이 많은 작은 다리가 달려 움직이고 있었다. 최고집정관이 그 다리 중 하나를 잡고 들어 올렸다.

"보세요. 우리 도시에서 드리는 선물이에요! 유산닭이에요!"

선구자는 자신이 아는 미생물학 지식을 열심히 떠올렸다.

"네가 말하려는 건…… 유산균이지!"

"그건 거대기원에서 부르던 이름이고요. 이건 요구르트를 맛있게 만들어 주는 동물이에요. 유익한 동물이죠!"

"맞아, 유익균이야. 세균은 너희를 해치지 못하겠구나. 내가 알고 있는 위생 개념은 미세기원에 적합하지 않아."

"꼭 그런 건 아니죠. 일부 동물은, 아, 세균은 우리를 물 수 있어요. 예를 들어 대장균늑대가 있어요. 저 늑대들을 이기려면 체력이 강해야 해요. 하지만 대부분 동물은 효모돼지처럼 귀여워요."

최고집정관은 다시 발로 술 방울을 꺼내서는 입에 쏙 넣었다. 잠시 후, 그녀는 발에 묻은 술 방울을 툭툭 털고 자리에서 일어났다. 술에 취했는지 비틀거렸고 혀가 잘 돌아가지 않았다.

"술까지 잊지 않고 계승할 줄은 생각도 못 했어."

"우…… 우리는 인류가 지녔던 아름다움을 모두 계승했어요. 그런데도 초대형 인간은 우리가 인…… 인류 문명을 대표…… 할 권리가 없다고……."

최고집정관은 하늘이 꺼지고 땅이 솟는 기분이 들어 바닥에 털썩 주저앉았다.

"우리는 서양철학, 동양철학, 그리스철학, 중국철학 등 인류의 모든 철학을 계승했어요!"

초소형 인간들 중에 누군가 외쳤다.

최고집정관은 자리에 앉아 하늘을 향해 두 손을 뻗고 큰 소리로 암송했다.

"같은 강에 두 번 들어갈 수 없어. 도는 하나를 낳고, 하나는 둘을 낳고, 둘은 셋을 낳고, 셋은 만…… 만물을 낳았다!"

"거대기원에서는 고흐의 그림, 베토벤의 음악, 셰익스피어의 희극을 감상한단다."

선구자가 말하자 최고집정관은 비틀비틀 서서 햄릿을 연기했다.

"사느냐 죽느냐 그것이…… 그것이 문제로다!"

"하지만 우리 시대에는 너처럼 어린아이는 꿈에서도 세계 지도자가 될 수 없어."

최고집정관은 점점 술이 깨기 시작했다.

"거대기원은 우울의 시대였어요. 우울한 정치가 있었죠. 그러나 미세기원은 걱정도 근심도 없는 시대라 유쾌한 지도자가 필요해요. 그래서 역사는 아직…… 제가 다 말하지 않았군요. 어디까지 말했더라. 아, 전쟁. 초대형 인간과 초소형 인간의 전쟁까지 말했군요. 후에 초소형 인간 사이에도 한 차례 세계대전이 일어났어요."

"뭐라고? 영토 때문은 아니지?"

"물론 아니죠. 미세기원에서 넘치는 것이 있다면 그건 바로 영토예요. 그…… 그 초대형 인간은 이해하지 못할 일 때문이었어요. 최대 규모의 전쟁이었죠. 전선이…… 아, 초대형 인간의 계량단위로 따지자면 100여 미터나 되는, 그렇게 넓은 전쟁터였어요!"

"너희가 초대형 인간의 것을 이렇게 많이 계승하고 있을 줄은 상상도 못 했어."

"뒤이어 미세기원은 힘을 집중시켜서 곧 일어날 대재난을 준비했어요. 초소형 인간은 5세기가 지나는 동안 지층 깊은 곳에 수천 개의 초특급 도시를 세웠어요. 선배에게는 이 도시들이 직경 2미터의 스테인리스로 만든 공처럼 보일 거예요. 여기에 수천 만 명이 살 수 있어요. 이 도시는 지하 8만 킬로미터 깊이에 지어졌죠."

"잠깐, 지구의 반지름은 6,000킬로미터 밖에 안 되는데?"

"아, 우리 단위로 말한 거예요. 초대형 인간 단위로 보면 800미터 깊이예요! 태양에 에너지 섬광 징조가 나타나자 초소형 인간은 모두 지하로 이주했어요. 그 다음에 대재난이 일어났죠.

대재난 후 400년 동안 1대 초소형 인간은 지하에 있는 성에서 초대형 인간 시대의 수도관 굵기 정도 되는 넓은 터널을 따라 레이저 드릴로 굳어 버린 마그마를 뚫으면서 지면으로 나왔어요. 다시 5세기가 지나 초소형 인간은 지면에 인류의 신세계를 세웠어요. 이 세계에는 수만 개의 도시가 있고 180억 명의 인구가 살고 있죠.

초소형 인간은 인류의 미래를 낙관적으로 생각해요. 우리의 낙관주의를 초대형 인간은 상상도 못 할 거예요. 이렇게 낙관할 수 있는 원천은 바로 미세기원 사회의 척도인 소형화예요. 소형화되면서 인류는 우주에서의 생존력이 수억 배 강해졌어요. 예를 들어 방금 전 깡통에 들어 있던 고기 크기면 도시 전체 시민이 1년에서 2년 동안 먹을 걱정 없이 살 수 있어요. 그리고 그 깡통 하나면 1년에서 2년 동안 철 소비량을 충족시킬 수 있지요."

"초대형 인간인 나로서는 미세기원 문명의 위대한 장점을 배울 필요가 있겠어. 이건 신화이자 서사시구나!"

선구자는 진심으로 우러나온 말을 했다.

"생명 진화는 소형화로 발전했어요. 크다고 위대한 건 아니에요. 작은 생명이 오히려 대자연과 사이좋게 살 수 있어요. 거대한 공룡은 멸망했지만 동시대를 살던 개미는 아직도 생존하고 있잖아요. 더 무시무시한 재난이 온다 해도 선배가 타고 온 착륙선 크기의 비행선만 있어도 전 인류가 도망갈 수 있어요.

초소형 인간이라면 우주의 크지 않은 운석 하나만 있어도 문명을 세우고 삶의 터전을 일궈 갈 수 있다고요."

한참 동안 침묵이 이어졌다. 선구자는 동전 크기만 한 작은 면적을 차지하고 있는 초소형 인간들에게 정중하게 말했다.

"다시 지구를 보던 날, 나는 내가 우주에 남은 마지막 인류라고 생각했어. 인류 중에 가장 슬픈 사람이 됐던 거야. 절망보다 더한 슬픔은 없었어. 그렇게 인간을 자포자기하도록 만드는 상황은 정말 처음이었단다. 하지만 지금 나는 인류에서 가장 행복한 사람이야. 적어도 초대형 인간 중에 가장 행복한 사람이야.

나는 인류 문명의 연속성을 봤어. 문명의 연속으로 미세기원을 형용하기에는 부족하구나. 이것은 인류 문명의 승화라고 할 수 있지! 우리 모두 계승자야. 한 가지 부탁이 있어. 내가 초소형 사회에 시민으로 살 수 있도록 받아 주렴."

"방주호를 탐측할 때부터 우리는 이미 선배를 우리 시민으로 받아들였어요. 지구로 와서 살아도 돼요. 초대형 인간 한 명을 먹여 살리는 건 문제없어요."

"그래, 지구에서 살 거야. 방주호에 내게 필요한 모든 게 다 있어. 비행선의 자원이라면 여생을 보내기에 충분해. 초대형 인간은 더 이상 지구의 자원을 소비하면 안 되잖니."

"하지만 상황이 좋아지고 있어요. 금성도 우리가 살기에 적합할 기후로 바뀌고 있지만 지구도 기온이 따뜻해지고 있고 바다도 녹고 있어요. 내년이면 많은 지역에 비가 내릴 거예요. 그러면 식물이 자랄 수 있어요."

"식물을 본 적 있니?"

"보호막 안에 이끼를 키우고 있어요. 엄청 큰 식물이에요. 줄기들이 10여 층 높이의 고층 건물만 해요! 그리고 물속에 클로렐라도 있고요……."

"풀과 나무에 대해 들어 본 적 있어?"

"높은 산처럼 엄청 큰 거대기원의 식물 말인가요? 아, 그건 상고시대의 신화가 됐어요."

선구자는 미소를 지었다.

"한 가지 할 일이 있어. 돌아와서 미세기원에게 줄 선물을 보여 줄게. 너희들도 분명 마음에 들어 할 거야!"

슬픔도 걱정도 없는 시대

선구자는 홀로 방주호에 있는 냉장창고로 들어갔다. 냉장창고 안에는 크고 높은 선반들이 가지런히 줄지어 서 있었고 그 위에는 수십만 개의 밀봉된 관이 놓여 있었다. 그 관은 씨앗 창고였다. 그중에는 지구에 있는 수십만 종의 식물 씨앗이 담겨 있었다. 방주호가 이주할 멀고 먼 별에 심으려고 준비한 씨앗들이었다. 다른 선반은 배아 창고였다. 지구에 있는 10여 만 종의 동물 줄기세포가 냉장 상태로 있었다.

선구자는 내년에 기온이 온난해지면 여기 있는 수십만 개의 씨앗 중에서 생명력이 강하고 추운 날씨에도 잘 자랄 수 있는 풀을 지구에 심기로 했다. 이 풀들은 지금의 지구에 생명을 불어넣기에 충분했다.

지구의 생태가 거대기원의 십분의 일까지만 회복돼도 미세기원은 최고의 유토피아에서 살 수 있다. 지구가 회복할 수 있는 가능성은 이것뿐만이 아니었다. 선구자는 행복한 상상에 푹 빠졌다. 그는 초소형 인간들이 이제까지 보지 못한 거대한 녹색의 풀을 보고 미친 듯이 기뻐할 모습을 상상했다.

'작은 풀밭은 어떨까? 작은 풀밭은 초소형 인간에게 어떤 의미일까? 그래, 초원이겠구나! 초원에 작은 시냇물은? 초소형 인간들이 풀뿌리 아래에 서서 맑은 시냇물을 본다면? 그들 눈에는 아름답고 멋진 광경일 거야! 나무도 있어야겠구나. 하마터면 나무를 빼먹을 뻔했네!'

선구자는 초소형 인간 탐험대를 상상했다.

'나무뿌리에서 출발해서 길고 신나는 여행이 시작될 거야. 나뭇잎이 그들에게는 끝도 없는 녹색 평원으로 보이겠지……. 나비도 있어야 해. 나비의 두 날개는 하늘을 관통하는 무지개구름일 거야. 참, 새도 있어. 새들의 지저귐이 그들에게는 우주의 큰 종소리처럼 들리겠지…….'

지구의 생태 자원 중 천억분의 일만으로도 미세기원의 모든 인구를 먹여 살릴 수 있었다. 선구자는 마침내 초소형 인간이 그에게 반복해서 강조했던 사실을 이해했다.

미세기원은 걱정도 슬픔도 없는 시대였다.

탐식자와 지구 그리고 달의 만유인력

류츠신은 중국에서 가장 유명한 SF 작가다. 잘 알려진『삼체 (三體)』삼부작 외에 그의 단편소설도 매우 훌륭해서 누구나 즐겨 읽을 수 있다.

류츠신의 작품은 방대한 스케일, 독창적인 주제, 다이내믹한 줄거리를 특징으로 꼽을 수 있지만 그 외에도 한 가지 더 공통점이 있다. 바로 관련된 과학 지식이 사실적이라는 점이다. 다시 말해 그의 소설은 가상에만 의존하지 않고 대부분 과학적 근거를 바탕으로 한다. 물론 근거가 있다고 해서 반드시 정확한 건 아니다. 그러나 류츠신 본인도 말했듯이 정확성은 SF가 추구하는 방향이 아니다. 만약 과학의 정확성만 고집한다면 그건 SF가 아니라 과학 전문서가 되고 말지 않을까.

물리학 지식이 없어도 독자들은 류츠신 작품을 쉽게 읽을 수 있지만 그래도 어딘가 아쉬운 부분이 있다. 아무래도 과학적 배경지식이 없으면 소설의 깊은 의미를 진정으로 이해하지 못할 수 있기 때문이다. 그래서 나는 이 책의 시리즈마다 물리학적 배경지식을 소개하고 있다.

먼저 만유인력과 관련된 이야기가 나오는 「탐식제국의 침공」을 보자. 탐식자는 거대한 우주 비행선을 타고 지구를 삼키러 온 이성이 있는 공룡들이다. 타이어를 닮은 비행선은 지구보다 훨씬 컸기 때문에 탐식자가 일으킨 만유인력은 곧 지구가 일으킨 만유인력이었다.

살이 찐 사람이 마른 사람보다 무거운 것도 지구가 우리에게 끼친 만유인력의 영향 때문이다. 영국 물리학자 뉴턴은 만유인력 법칙을 발견하고 물체가 무거울수록 인력이 크다고 했다. 만약 물체가 우리와 가까워진다면 인력은 더 커진다. 예를 들어 거리가 약 두 배 정도 가까워지면 인력은 네 배가 커진다.

같은 원리로 지구가 우리에게 미치는 인력 외에도 큰이빨이 타고 온 타이어 비행선도 우리에게 인력을 미친다. 만약 지구가 탐식자에 끼인다면 지구가 우리에게 미치는 인력 외에 탐식자도 작지 않은 인력을 미친다. 이를 통해 탐식자는 지구의 자원을 쉽게 빨아들일 수 있다.

뉴턴은 질량이 큰 물체일수록 운동 상태를 변화시키기 어렵다는 사실도 발견했다. 이것이 뉴턴 제2 법칙이다. 예를 들어 달의 질량은 지구 질량의 백분의 일에 불과하지만 우리의 몸을 아무리 크게 불린다 해도 달을 움직이려면 엄청난 힘이 필요하다. 큰이빨의 비행선은 달은 물론이고 지구보다도 훨씬 크다. 그렇기 때문에 탐식자를 움직이는 것이 달을 움직이는 것보다 더 어렵다. 이러한 이유로 지구인들은 핵폭탄을 이용해 달을 움직이는 방법을 생각했다. 이는 공룡이 탐식자를 움직이게 하는 것보다 훨씬 유연한 방법이었다.

두 번째 이야기인 「시 구름」을 보면, 지구는 이미 '신'에게 모든 것을 약탈당한 상태다. 비어 버린 지구가 만드는 만유인력은 무시해도 좋을 정도로 작았다. 그러나 중력에 익숙한 인간이 중력이 없는 곳으로 가면 뼈가 가늘어지는 등 많은 문제에 부딪히게 된다. 그래서 신은 인류가 예전처럼 살 수 있도록 지구를 회전시켜 원심력을 만들어 준다.

회전하면 발생하는 원심력은 사실 힘과 가속도의 법칙인 뉴턴의 제2 법칙을 설명하려고 나온 가상의 힘이다. 물체가 원운동을 할 때 속도는 변하지 않아도 방향은 계속해서 변한다. 이때 운동하는 방향을 바꾸려면 힘이 필요하다. 이 힘과 원은 수직을 이루는데 이것을 구심력이라고 한다. 속도가 두 배 증가하면 힘은 원래보다 네 배가 커지고, 원의 반지름이 두 배 줄어들면 힘은 두 배 커진다. 우리가 살고 있는 지구도 자전하고 있기 때문에 원심력이 발생하지만 이 원심력은 지구 중력보다 훨씬 작다.

예를 들어 우리가 적도에 서 있다고 가정해 보자. 지구가 얼마나 빨리 돌아야 원심력이 중력과 균형을 맞출 수 있을까? 매일 약 열일곱 바퀴를 돌아야 한다. 「시 구름」에서 지구의 회전으로 생긴 원심력은 중력의 1.5배이다. 그렇다면 지구는 매일 스물한 바퀴를 돌아야 하니 충분히 빠르다.

그러나 알다시피 원심력은 중력과 반대로 밖으로 나가려는 힘이다. 다행히 「시 구름」에서 인간은 지각 안에 살고 있다. 다시 말해서 인간이 서 있는 방향은 원심력과 반대다. 태양은 어떻게 됐는가? 이미 오래 전에 사라져 버렸다. 현재 태양을 대신하는 것은 지구 중심에 있는 신이 만든 태양이다. 이 태양은 블랙홀과 연결된 웜홀이다. 다시 말해서 이 작은 태양이 내뿜는 광선은 아득히 멀리 떨어져 있는 블랙홀이 빨아들인 광선이다.

세 번째 이야기인 「미세기원」도 마찬가지로 중력과 관련이 있다. 이 이야기의 배경 역시 지구다. 먼 미래에 인류는 태양의 섬광을 피하기 위해 자신의 몸을 10미크론, 그러니까 인간의 원래 크기보다 이십오만분의 일, 부피는 억에 억만분의 일까지 작

205

게 만들었다.

누군가는 다음과 같은 질문을 할 수 있다. 예를 들어 지구에 거인이 존재한다면 이 거인의 허리둘레는 얼마가 되어야 할까? 키와 비례해서 커져야 할까? 정상적인 사람이라면 허리둘레와 다리 길이는 비슷하다. 그렇다면 다리 길이가 3미터인 거인의 허리둘레는 3미터인가? 답은 그리 간단하지 않다.

수학자 레온하르트 오일러가 가장 먼저 이 문제의 답을 찾았다. 그의 설명에 따르면 키가 클수록 허리에 가하는 압력이 커지기 때문에 이 커진 압력을 받히기 위해서는 허리가 키보다 조금 더 커야 한다고 한다. 구체적으로 말하면 다리 길이가 3미터인 거인의 허리둘레는 적어도 4미터는 되어야 한다.

이와 반대로 만약 우리가 「미세기원」의 초소형 인간이라면 키는 원래보다 이십오만분의 일이니 허리둘레는 원래 둘레보다 사백만분의 일이어야 한다. 그래야 몸의 중량을 떠받칠 수 있다. 즉, 초소형 인간은 허리 둘레가 엄청나게 가는 종족이다.

그러나 이 책에서 류츠신은 인간을 비례에 따라 축소시켰다. 그렇지 않으면 초소형 인간을 20만 배 확대해도 원래 인간이 아닌 대나무 장대 같은 사람이 될 것이다. 인간을 비례에 맞게 축소하면 초소형 인간의 허리는 더 튼튼해진다. 마찬가지로 초소형 인간의 두 다리에도 힘이 생긴다. 그렇기 때문에 류츠신은 초소형 인간을 점프력이 뛰어난 종족으로 묘사할 수 있었다.

류츠신이 오일러의 공식을 모를 리 없다. 다만 개미나 벼룩처럼 작은 동물이 자기보다 무거운 물체를 짊어지거나 점프하는 능력에서 착안해 초소형 인간의 점프력을 생각해 냈을 것이다.

이상으로 세 이야기에서 차용한 역학을 설명해 봤다. 사실 두 번째 이야기인 「시 구름」은 심오한 양자물리학, 양자 계산과 양자 메모리까지 언급하고 있으나 이에 대해서는 더 이상 설명하지 않겠다. 언젠가 양자 휴대폰이 현실화 되고 그것이 휴대폰에 그치지 않고 양자 만능기가 된다면 이 양자와 관련된 지식들이 교과서에 실릴지도 모르겠다.

옮긴이 김지은

중앙대학교 국제대학원 전문통번역학과 한중과를 졸업했다. 주요 국제회의에서 동시통역사로 활동 중이며, 출판 기획 및 중국어 전문 번역가로도 활동하고 있다. 옮긴 책으로는 『류샤오보 중국을 말하다』『지구 어디쯤, 처음 만난 식탁』『사랑을 권함』『마음, 그림에 담다』『최고의 인재를 키우는 베이징대 수신학』『조조에게 배우는 경영의 기술』『북경대 품성학 강의』『훌리첸의 마케팅 비밀코드』『꼬아본 삼국지 캐릭터』『제갈량의 계자서』 등 다수가 있다.

우주 탐식자

© 류츠신, 2019

초판 1쇄 인쇄일 2019년 3월 12일
초판 1쇄 발행일 2019년 3월 22일

지은이   류츠신
옮긴이   김지은
펴낸이   정은영
편집   최성휘 김정택
마케팅   이재욱 백민열 이혜원
제작   박규태

펴낸곳   (주)자음과모음
출판등록   2001년 11월 28일 제2001-000259호
주소   04047 서울 마포구 양화로6길 49
전화   편집부 02) 324-2347 경영지원부 02) 325-6047
팩스   편집부 02) 324-2348 경영지원부 02) 2648-1311
E-mail   jamoteen@jamobook.com

ISBN   978-89-544-3970-1 (44820)
           978-89-544-3968-8 (set)